THEATERBIBLIOTHEK

King Kongs Töchter sind drei Pflegerinnen in einem Altenheim – und sie haben sehr eigenwillige Vorstellungen von ihrem Beruf. Was zu Ende gehen muß, soll glamourös zu Ende gehen – folgerichtig inszenieren sie den Tod ihrer Schützlinge als Szenen großer Stars.

»Erstens sind die drei Altenpflegerinnen Serienmörder, die den ihnen anvertrauten Senioren bei runden Geburtstagen das Dasein beenden. Zweitens geht das nicht still und schonend vor sich, sondern die Opfer werden vorher noch als Hollywoodstars ausstaffiert. Drittens bedauern die drei angestellten Todesengel ihr verabscheuungswürdiges Tun nicht im mindesten und kommen am Ende völlig ungeschoren davon. Viertens ist all das auch noch zum Lachen. Wenn Theater mit Realität zu verwechseln wäre, müßte man sofort die Polizei rufen. Einerseits. Andererseits wäre ein Altersheim wie in Theresia Walsers Stück trotz aller damit verbundenen Risiken das Sterbeparadies des Jahres und auf unabsehbare Zeit ausgebucht. Vorzugsweise von Theaterkritikern und anderen Liebhabern.« *Theater heute*

»Eines der witzigsten und intelligentesten neuen deutschen Theaterstücke« *FAZ*

Theresia Walser
King Kongs Töchter
Schauspiel in 13 Szenen

Verlag der Autoren

Die Deutsche Bibliothek – CIP-Einheitsaufnahme

Walser, Theresia:
King Kongs Töchter : Schauspiel in 13 Szenen / Theresia Walser . –
Frankfurt am Main : Verl. der Autoren, 1999
(Theaterbibliothek)
ISBN 3-88661-214-7

3. Auflage 2003

Verlag der Autoren GmbH & Co KG
Schleusenstraße 15, 60327 Frankfurt am Main
Telefon 0 69/23 85 74-0, Telefax 069/24 27 76 44
e-mail: theater@verlag-der-autoren.de
www-verlag-der-autoren.de

Satz: SVG, Satz- und Verlags-Gesellschaft, Darmstadt
Druck: betz-druck GmbH, Darmstadt
Printed in Germany

King Kongs Töchter

Personen

King Kongs Töchter, Pflegerinnen:
Berta
Carla
Meggie

Die alten Bewohner :
Frau Greti
Frau Albert
Herr Albert
Herr Pott
Herr Nübel
Frau Tormann

Ein Abenteurer:
Rolfi

Cassettenstimme (Frau Tormanns Sohn):
Winnie, der Existenzgründer.

Ort: Ein Altersheim.

Szene 1

Balkon, King Kongs Töchter, Berta und Carla, später dazu Meggie. Berta und Carla haben sich mit Partyplunder drapiert, essen aus einem Glas Oliven oder etwas Ähnliches, eine Flasche zu trinken haben sie auch...

BERTA Das mußt du schon zugeben, was, Carla?
CARLA Unglaublich.
BERTA War nicht leicht.
CARLA Das ist jetzt schon das siebte Nachttischchen!
BERTA Das richtige zu finden.
CARLA In einer Straße sieben Nachttischchen.
BERTA Was meinst du erst, wieviel Sofas da rumstehen.
CARLA Frag nicht nach Sonnenschein.
BERTA Alle zwei Meter ein Sofa.
CARLA Und genau sieben Nachttischchen.
BERTA Da habe ich erstmal suchen müssen, Zufall gib dir Mühe, dachte ich, wollte ja was Besonderes, für sowas will man ja nicht grade die letzte Fettpolsterschlampe, da braucht es schon ein ganz besonderes Sofa.
CARLA Unglaublich.
BERTA Und dann, bitteschön... das mußt du schon zugeben, Carla.
CARLA Hat was Liebloses.
BERTA Was?

CARLA Soviel weggeworfene Nachttischchen auf einem Haufen.

BERTA Kannst du mal aufhören mit diesem Nachttischchenmitleid.

CARLA So ein Nachttischchen ist aber eine herzige Angelegenheit.

BERTA Ich weiß nicht, aus welchem Bilderbuch du kommst, Carla, was meinst du, was sich in einem Nachttischchen mit den Jahren alles für böse Gedanken ansammeln.

CARLA Frag nicht nach Sonnenschein.

BERTA Nach 10...20 Jahren ist das der reinste Waffenschrank.

CARLA Stell dir mal vor, auf all diesen Möbeln da unten säßen noch die Zugehörigen.

BERTA Das wäre der wahre Sperrmüll, man bräuchte kein Altersheim mehr.

CARLA Wer hat die lauteste Krankheit!

BERTA Wer ist Meister im Schikanchenspiel!

CARLA Wer überlebt die Libellen noch um einen Sommer!

BERTA Und finden und finden ihr Ende nicht mehr.

CARLA All die alten John Waynes.

BERTA Die verwirrten Mickeymäuse.

CARLA Die dicken und die dünnen Greta Garbos.

BERTA Und die vielen Heinz Rühmänner.

CARLA Kriegen sich selbst nicht unter die Erde, all die schlappen Köpfe zittern vor Wut wie

Wespen, die es im Herbst an den Boden drückt.

BERTA Opi, zehn Minuten und ich mach nen kleinen Gott aus dir, nen Heiligen aus Hollywood, wenn das kein Lichtblick ist.

CARLA Ein Schwan kann gerade mal 50 werden, Berta, das ist dann aber ziemlich alt für einen Schwan, der kippt bei jeder Welle um, der trägt den Kopf schon nicht mehr ganz oben, und irgendwann zieht der den Hals dann nicht mehr aus dem Wasser.

BERTA Schlückchen?

CARLA Ein Schluck muß aber noch für Meggie bleiben.

BERTA Auf unsere kleinen und großen Werke.

CARLA Auf daß uns nie der Kopf ins Wasser hängt.

BERTA Auf das Sofa. Das wär jetzt mal wieder einer von diesen Momenten, Carla.

CARLA Wo man dir einen Preis verleihen sollte?

BERTA Einer von den Momenten, die ich mit niemand anderem teilen möchte als mit dir.

CARLA Mit der Meggie möcht ich das auch nicht teilen.

BERTA Die Meggie kann sich nicht mitfreuen.

CARLA Steht da, mit einem Blick, daß man glaubt, die fräst sich eine Zukunft aus, da paßt nur sie allein rein, und man selbst steht daneben, wie das elende Durchgangszimmer einer großen Meggiezukunft.

Sie machen Meggie nach.

BERTA Das ist nicht mein Beruf, das ist nicht mein Beruf!

CARLA Ich bin jetzt 32, könnte immer noch Hautärztin, Opernsängerin oder Stewardess werden.

BERTA Komplikationen, Komplikationen!

CARLA Noch einmal, Berta, und ich patsch der Meggie eins auf die Stirn.

Sie gibt Berta einen kleinen Schlag auf die Stirn.

BERTA Jetzt laß mal gut sein, Carla, laß mal gut sein, man muß immer mal wieder durchlüften.

CARLA Richtig.

BERTA Man kann nicht ständig.

CARLA Sonst wird man noch betriebsblind.

BERTA Und eines Tages ist es dann soweit.

CARLA Wie weit?

BERTA Man riecht nichts mehr.

Was meinst du, wie froh ich bin, daß ich mir jeden Morgen, wenn ich hier herkomme, sagen kann, es stinkt, Berta, es stinkt noch immer, es stinkt.

CARLA Beneidenswert, das ist beneidenswert.

BERTA Und daß ich die Unterschiede kenne, Carla, daß ich noch weiß, daß jeder Gestank seine eigene Persönlichkeit hat, den müden, der den ganzen Tag im Flur rumhängt, den stechenden, den anhänglichen, der dir bis nachhause nachschleicht. Ich kann dir sagen, wenn du eines Tages nicht mehr weißt, wie das hier stinkt, dann bist du ziemlich ausgeliefert, dann bist du praktisch integriert, dann bist du bereits schon Teil der Fauna. Deswegen muß man immer mal wieder frische Luft schöpfen, durchlüften, Carla, man knöpft sich den Kittel auf, spült sich den dumpfen Moder aus dem Maul und schaut sich dabei selbst in den Ausschnitt.

CARLA Herrlich, herrlich.

BERTA Die schönste Aussicht in den Pausen, Carla, ist immer noch mein eigenes Dekolltée.

CARLA Herrlich, herrlich.

BERTA Diese schöne, glatte Fläche, dieser Steilhang, manchmal, Carla bin ich traurig, daß ich mich selbst nie erobern kann, daß ich mich selbst nie mit meiner Zunge abseilen kann, in diese weiche Schlucht hinunter.

CARLA Keinen Zwang, tu dir bloß keinen Zwang an.

BERTA Lerne ich einen Mann kennen, sage ich ihm nie, was ich für einen Beruf habe.

Carla kichert.

BERTA Meistens sage ich, ich heiße Maria und habe ein Nagelstudio.

Carla lacht.

BERTA Was lachst du da so saublöd.
CARLA Klingt auf jeden Fall besser als, ich bin Berta, die Altenpflegerin.
BERTA Oder ich bin Carla, die Seniorendompteuse.
CARLA Oder Berta, die Greisenputze.
BERTA Oder Carla, das Opaomatrösterchen.
CARLA Oder Berta, die Knackeramme.
BERTA Schlückchen?
CARLA Ein Schluck muß aber noch für Meggie bleiben. Berta, wie findest du, sie ist uns entglitten?
BERTA 10. Oktober, Todestag Ginger Rogers, sie ist uns entglitten, hatten wir schon.

Berta beugt sich übers Geländer.

CARLA Was machst du da?
BERTA Schau nach, obs noch da ist.
CARLA Was?
BERTA Das Sofa, Carla, in dem Ramsch da unten, das ist die reinste Sexbombe, mußt du schon zugeben. Da hab ich erstmal suchen müssen. Wollte ja was ganz Besonderes.
CARLA Frag nicht nach Sonnenschein.

BERTA Heute morgen wach ich auf, hatte wieder diese wahnsinnige Flughafensehnsucht, Vorfreude, verstehst du, Vorfreude, hätte am liebsten Kniestrümpfe angezogen, überall kitzlig, so bin ich die Treppe hinuntergerannt, kam mir vor wie 14, und als ich unten war, da hat meine Nachbarin ihrem Mann sofort die Augen zugehalten.

CARLA Da siehst du es wieder mal.

BERTA Ja, man ist gefährlicher als man denkt.

CARLA Das denke ich schon lange, Berta. Immer wenn jemand stirbt, fühle ich mich danach eine halbe Woche unsterblich und jedesmal sage ich mir, Carla, jetzt machst du aber mal was aus dieser halben Woche Unsterblichkeit...

BERTA Neulich hab ich geträumt, daß ich einen Preis bekomme.

CARLA Ah ja, für was denn?

BERTA Für meine Arbeit, für meine mutigen Pläne. Ich habe mich irrsinnig gefreut, dachte, endlich, endlich ist es soweit, dann habe ich erfahren, wer mir den Preis vergibt.

CARLA Wer denn?

BERTA Du und Meggie, und so sah der auch aus. Auf ne alte Camembertschachtel habt ihr ein Fünfmarkstück geklebt und mit Filzstift Preis drübergeschrieben. Da war mir wieder mal klar, daß ich von nirgendwo Lob erwarten kann, als von euch. Daß da nie ein Lob kommt von der Welt und nicht einmal vom Himmel.

CARLA Und käme ein Lob aus der Hölle, wir würden es glatt ablehnen.

BERTA Hier oben stehen die unermüdlichen Denkerinnen und greifen nach den Flugzeugen im Himmel!

CARLA Die Häuser sind leichter geworden, haben ihren Schotter abgehustet, auf die Bürgersteige gekotzt, erbrochenes Kleinfamilienallerlei, tote Küchen, Kinderbettgerippe.

BERTA Und jede Matratze ein Testament! Schlückchen?

CARLA Ein Schluck muß aber noch für Meggie bleiben.

BERTA Ist schon toll, Carla, was wir aus unserem Beruf gemacht haben.

CARLA Ja, den haben wir aber gehörig erweitert.

BERTA Was meinst du, wie wir jetzt aussehen würden, wenn wir unseren Beruf einfach so Beruf hätten sein lassen.

CARLA Frag nicht nach Sonnenschein.

BERTA Da hingen uns jetzt aber die Frustlappen aus dem Gesicht, und der Ekel hätte uns Schatten unter die Augen gefressen.

CARLA Verzweifelte Pflegegespenster, ein Job in der Hölle.

BERTA Was meinst du, wie ich die Tormann jetzt ins Herz geschlossen habe. Omi, dich mache ich heut nacht zur Wunderkerze, dich tisch ich noch mal ganz groß auf. Mal dir ne Unsterbliche ins Gesicht und heb dich auf den Hollywoodaltar, mit Lämpchen blink an, blink aus, blink an, blink aus.

CARLA Ich kann es kaum erwarten.

BERTA Mit der Meggie könnte ich mich hier nie so in eine Großartigkeit hineinschaukeln, Carla.

CARLA Die Meggie ist am schönsten, wenn sie im gröbsten Dreck die Spezialistin spielt.

BERTA Und ganz egal, was an der dann hängenbleibt, die läuft dann trotzdem noch den Gang entlang, als hingen ihr am Rücken auch noch Brüstchen.

CARLA Die liebt das, Berta, die liebt das, insgeheim im Meggiegeheimfach, da brutzelt der Schweinkram auf Hochtouren. Nachts, da trifft die den alten Pott, und der setzt sich extra noch mal frisch die Zähne ins Maul, damit er über Meggies Sauereien lachen kann.

BERTA Die Meggie ist ein kleines Sumpfgebiet.

CARLA Wie findest du, sie ist von uns gegangen?

BERTA 11. Juli, Todestag Judy Garland, hatten wir schon. *Sie beugt sich übers Geländer.* Ein bißchen Größenwahn, das haben wir verdient, was, Carla?

CARLA Göttinnenbonus, Berta, Göttinnenbonus.

BERTA Der Tod ist ein Termin.
CARLA Und wir sind die Chefdisponentinnen.
BERTA Richtig.
CARLA Wie findest du, sie ist sanft entschlummert?
BERTA 20. November, Todestag Audrey Hepburn, sie ist sanft entschlummert, hatten wir schon. Herr Tormann, das freut mich aber, daß sie gekommen sind, wollen sie sich nicht setzen. Ihr Muttchen, Herr Tormann, ist kurz vor ihrem 80. Geburtstag verschieden.
CARLA Kotz würg.
BERTA Wie bitte?
CARLA Kotz würg, verschieden. Da klebt einem ja der Verwesungsprozeß noch an der Zunge.
BERTA Das Schöne ist, daß ich das Gefühl hab, ich kenne dich so gut, Carla.
CARLA Oah nein nein!
BERTA Was denn?
CARLA Es sind acht, Berta, es sind acht Nachttischchen!
BERTA Auch wenn du mich immer wieder überraschst.
CARLA Acht Nachttischen in einer Straße...
BERTA Und ich mir sage, die Carla , die ist eben ein bißchen verschrunzt.
CARLA Verschrunzt? Herrlich verschrunzt.
BERTA Und ich denke, typisch, steht hier die ganze Zeit rum, schluckt weg, was sie kann

und sagt nicht ein Sterbenswörtchen zu meinem Sofa.

CARLA Ja, typisch typisch, aber ist auch so typisch Berta, sucht sich im Sperrmüll irgend so ein Sofapummel, aber eben zu klein, zu klein!

BERTA Dann aber...

Berta haut Carla auf die Stirn.

CARLA Ja, dann aber, dann aber, dann paßt die Tormann trotzdem nicht da drauf.

BERTA Quatsch, auf ein Sofa kannst du legen, was du willst, das formt aus allem eine Frau.

CARLA Da möchte ich dich nur mal leise an den 3. Februar erinnern, Frau Sims im Schaukelstuhl als Bette Davis, das zählt nicht unbedingt zu meinen schönsten Erinnerungen.

BERTA Ah ja, dann sage ich nur mal 12. Juli, Herr Friedrich als Clark Gable auf der Badematte, deine Idee.

CARLA Gut Berta, wie stets mit Frau Wacker, 17. März, Rita Hayworth im Pelzmantel, deine Idee.

BERTA Dann wär da noch der 9. August, Carla, Herr Franz als Fred Astaire auf der Treppe, auch ein ziemlich großes Pfui-Teufel.

CARLA Immer noch besser als Frau Franz, 10. Oktober, Ginger Rogers...

BERTA Oder 7. August, Greta Gar...

Carla küßt Berta auf den Mund.

BERTA Hast du den Arsch offen... oder ist bei dir das Hirn nicht ganz dicht.
CARLA Du.. du hast mich gerade so wahnsinnig angeekelt... daß ich dachte, ich kann... das nur überwinden, wenn ich dich küsse...
BERTA Igitt, wie man sich nicht kennt, igitt.

Meggie kommt.

MEGGIE Oh, wie lauschig!
CARLA Es täuscht, Meggie, es täuscht.
MEGGIE Ihr habt hier wohl eine ganz lustige Party, was?
BERTA Hätten haben können.
MEGGIE Während ich da drinnen die Kotbeutelchen wechseln muß, die Trombosebeinchen ein und auswickle, Hämorrhoiden füttere und die Dreckspfannen unter den Betten hervorziehe, daß ich mir nur noch eines wünschte, mehr Blut, mehr Blut statt Scheiße, in jedem Bett liegt einer auf dem Grill, hinten offen, vorne gerade zugeheilt, der eine schlägt mir ins Gesicht, daß ich ihn an den Haaren packen muß, so mein Herzchen, jetzt nimmst du aber Falderon und Jubileth, hast wohl vergessen, deine täglichen Wanderlieder, los mach das Maul auf, er schreit, die Schulter tut mir weh, mein Name ist Notfall, okay, sag

ich, ich hab nichts anderes da wie Arnika, dann hack ich mir den Finger ab, ruft er, und ich, ich denke, diese Sauerei, die Sauerei hier, muß eine andere werden und schlag ihm vor der Nase noch die Tür zu, und wo seid ihr? Die Kolleginnen sonnen sich im Abendwind, hängen hier ihre Titten über die Stadt, spielen Südsee hoch über Duisburg, die Fantaköniginnen vom Seniorenheim.

BERTA Von hier oben aus haben wir alles geregelt.

CARLA Es täuscht, es täuscht.

BERTA Da bitte, da unten steht das Sofa.

MEGGIE Darf ich mal fragen, wer das hochtragen soll?

BERTA Zu dritt.

MEGGIE Das ist wohl nicht ganz mein Beruf.

CARLA Es täuscht; Meggie, es täuscht...

Carla und Berta gehen hinein, Meggie bleibt noch einen Augenblick alleine.

MEGGIE Heute morgen, als ich aufwachte, ist mir die Lippe aufgeplatzt, gerade als ich Spezialistin sagen wollte...

CARLA *aus dem Off* Komm jetzt; Meggie, komm!

BERTA *aus dem Off* Es beginnt!

Dunkel.

Szene 2

Gemeinschaftsraum, langer Tisch, darüber eine trostlose Lampe, Herr Pott sitzt alleine, er ist eingenickt. Carla und Meggie treten auf, die Hände voller Partyplunder. Berta schiebt die alte Frau Tormann im Rollstuhl herein, die einen großen Hut trägt, der ihr das Gesicht bedeckt. Auf dem Schoß hat sie einen kleinen Cassettenrecorder, man hört Flughafengeräusche: Durchsagen etc. Sie hört die Winniecassette. Während der Szene übernimmt Berta das Tischarragement und Carla und Meggie kümmern sich um das Schmücken. Am Ende der Szene hängt über dem Tisch ein kitschiger Südseezauber.

WINNIECASSETTE Wenn einer eine Reise tut, wenn einer eine Reise tut...
Mein liebes Muttchen, heute an einem 12. Februar, Montag, gewitterblau und mild, daß ich bereits in kurzen Ärmeln bin, sitz ich wieder im Flugzeug, diesmal Peking.
Dein Sohnemann wird ganz schön durch die Lüfte serviert, was Muttchen und du wirst gleich 80...
Das ist jetzt bereits die siebte Reise, bei der ich mein Abteilungsleiterchen vertreten muß, vom Abteilungsleiterchen, Muttchen, hab ich dir erzählt, du weißt noch, das ist der, der Paris mit ie schreibt.

Ein herzhaftes Lachen, Muttchen, wär hier jetzt angebracht, am liebsten dein Muttchenlachen, bei dem es mich immer an den Fußsohlen kitzelt.

Von verschiedenen Seiten kommen nun langsam die anderen alten Bewohner zum Tisch: Herr und Frau Albert, Frau Albert hält ihren Glücksbrief in der Hand, Frau Greti, Herr Nübel. Herr Nübel ist der einzige, der nicht Platz nimmt. Er irrt noch um den Tisch, als suche er etwas. Berta weist jedem seinen Platz zu und bindet jedem eine Serviette um den Hals. Frau Tormann bekommt eine besonders große Serviette.

WINNIECASSETTE Ja, Muttchen, jetzt häuft es sich, langsam häuft es sich, das Knowhow zeigt die ersten Früchte und manchmal lieg ich noch nachts mit Schmerzen wach, daß ich glaub, das käm vom schnellen Wachsen.
Das ist das Zutrauen, Muttchen, was bei mir wächst und wächst, und deinen Winnie würde es gar nicht wundern, wenn er am nächsten Morgen auf einmal Knospen an den Fingern hätte.
Ganz baff ist er über seine eigenen Fähigkeiten, ganz gesprenkelt vom vielen Erfolg. Die Unersetzlichkeit schärft mir die Zacken an der Säge, Muttchen, und dem Abteilungslei-

terchen klappt bald der Sitzboden weg, so unschuldig wie dein Winnie, Muttchen, hat noch keiner was gewonnen.

BERTA Herr Nübel, wie stehts, wollen sie sich nicht auch hier an den Tisch setzen?

HERR NÜBEL Auf Anhieb könnte ich jetzt gar nicht sagen, wo ich hier noch sitzen soll?

BERTA Wie wärs mit hier?

HERR NÜBEL Entschuldigung, haben Sie vielleicht meine Schlüssel gesehen? Nübel, mein Name ist Nübel, großes N und kleines übel. Neben wem habe ich denn da die Ehre?

FRAU GRETI Das ist Frau Tormann.

HERR NÜBEL Und die ist schon wieder, ich meine, alles Ahoi da oben, ja?

FRAU GRETI Morgen wird die 80, hat sich erholt, ganz toll; Frau Tormann, finde ich ganz toll, daß sie wieder ein Messer haben dürfen.

Herr Pott schreckt auf.

HERR POTT Um Gottes willen, wie spät ist es?

FRAU ALBERT Schon wieder nach vier, schon wieder rollt einem Tag der Kopf runter!

HERR POTT Und wieder mal kommt Judy Garland nicht im Fernsehn.

HERR NÜBEL Ja, das ist aber auch wieder das Schöne daran, nicht wahr?

HERR POTT Ich sage es lieber gleich, ich habe heute wieder die ganze Nacht geweint und zwar ins Bett!

HERR ALBERT Herr Pott, kommen Sie denn mit ihren Fingern noch überall hin?

HERR POTT Da müssen sie Fräulein Meggie fragen.

HERR ALBERT Oh la la, jetzt sitzen wir hier gleich unter einem Partyhimmel.

FRAU GRETI Alles für die Frau Tormann, nicht wahr; Frau Tormann, weil Sie morgen 80 werden, und Ihr Sohn, der Winnie, kommt, und der bringt Ihnen ein Geschenk, von seinen vielen Reisen, bringt der Ihnen ein Geschenk. Das Beste, was er in der Welt für eine Mutti finden konnte.

HERR ALBERT Kakao und Likörchen, sind immer noch die Geburtstagsfavoriten Nr. 1.

HERR POTT Likörchen aber nur für Erwachsene.

HERR ALBERT Das wird eine richtig bunte Bewölkung da oben.

FRAU ALBERT Findet auf den Tellern heute auch noch was statt?

FRAU GRETI Ganz heimlich wächst der Frau Tormann der 80. Geburtstag über den Kopf.

HERR POTT Und sie selbst sitzt noch in ihrem eigenen Schatten und hält sich ganz bedeckt.

HERR NÜBEL Aber das ist ja auch wieder das Schöne daran, nicht wahr?

FRAU ALBERT Kommen hier noch Grüße aus der Küche, oder was? Hipf-und Hupfgebäck für Hilde, kleine Aufmerksamkeiten von Dr.

Oetker, ich habe einen Grund zum Feiern, ein paar Blüten im Haar könnte ich auch vertragen.

HERR ALBERT Hilde...

FRAU ALBERT Jawohl, sollen ruhig alle sehen, daß es hinter Hildes Ohren heute blüht, ich habe nämlich einen Glücksbrief bekommen.

HERR ALBERT Hilde, das mußt du nicht allen sagen.

HERR POTT Als erstes möchte ich hier gleich mal ein Prost aussprechen, aber davor hänge ich noch eine kleine Bitte...

FRAU ALBERT Prost, Prostata auf Hildes Glücksbrief!

HERR POTT Momentchen, ich bin noch nicht fertig, erst die kleine Bitte, könnte man bitte diese gelben Vorhänge in meinem Zimmer wegnehmen, dieses Gelb schlägt mir auf die Blase, da quält mich ständig der Pipigedanke, mein Leben lang hab ich noch nie soviel ausgeschieden.

HERR NÜBEL Das ist aber auch wieder das Schöne daran, nicht wahr?

HERR POTT Das erste Prost geht an unsere wunderbaren Kellnerinnen. Alles, was die in die Hände nehmen, wird schön.

FRAU GRETI Die haben auch so schöne Finger und so schöne Fingernägel.

FRAU ALBERT Kratzen die denn ihre Männer zuhause oder wie?

FRAU GRETI Mir sind noch nie Fingernägel gewachsen.

HERR ALBERT Und überall kommen die mit den Fingern noch hin.

FRAU GRETI Selbst Toten wachsen noch Fingernägel, aber mir nicht.

HERR NÜBEL Ja, das ist aber auch wieder das Schöne daran, nicht wahr?

HERR POTT Das zweite Prost geht an...

FRAU ALBERT Hildes Glücksbrief!

HERR POTT Ihre Frau, Herr Albert, ist uns immer ein Schrittchen voraus.

HERR ALBERT Ja, die Hilde.

HERR POTT Das zweite Prost geht an Frau Tormann, die wieder so lieb mit uns am Tisch sitzt.

FRAU ALBERT Ist das die, die auf der Toilette ein Kätzchen geboren hat? Die Katzenmutti?

HERR POTT Wieder richtig munter.

FRAU ALBERT Die, die ihre allerletzten Freunde nicht mehr hinunterspülen möchte?

FRAU GRETI Ist doch toll, daß die wieder ein Messer haben darf.

FRAU ALBERT Prima.

HERR POTT Also, wer mit 80 noch so aussieht...

FRAU ALBERT Prima, daß sowas noch an einen Tisch darf.

FRAU GRETI Und letzte Woche war die noch ein ganz armes Bettelwürmchen.

HERR POTT Wer mit 80 noch so dasitzt...

FRAU ALBERT Hoch die Tassen, hoch die Tassen!

FRAU GRETI Letzte Woche hat sie mir noch ihren BH verkaufen wollen, nicht wahr, Frau Tormann, zwei Mark für einen BH, drei haben sie schon zusammen und fünf brauchen sie für Zigaretten.

HERR POTT Mit 80 noch so wach und rege, also Hut ab, Hut ab, Frau Tormann, da gibt es noch ganz andere Beispiele. Jeden Morgen, wenn ich z. B. hier in den Park komme, da lungert, nein, man muß schon sagen lauert, da lauert der Mann, der seit zehn Jahren keinen Geschlechtsverkehr mehr hatte.

FRAU GRETI Igitt.

HERR POTT Und dem sein Gesicht, also das möcht ich hier lieber nicht beschreiben.

HERR ALBERT Jetzt, wo gleich das Essen kommt...

HERR POTT Ich möchte nur soviel sagen, zwischen zwei Backen hat sich da eine Tragödie eingeklemmt.

HERR NÜBEL Dem muß man aber dringend mal nachgehen.

HERR ALBERT Jetzt, wo gleich das Essen kommt...

HERR NÜBEL Der hat wohl seine Instrumente nicht mehr ganz im Griff.

HERR POTT Ja.

HERR NÜBEL Dem fehlt die Reihenfolge, der weiß nicht mehr, was nach was kommt, der hat einen Kuddelmuddelkopf. Ich habe jeden Morgen meine Reihenfolge im Kopf, ich weiß immer, welches Instrument nach welchem kommt, wollt ihr mal meine Instrumente hören?

HERR ALBERT Jetzt, wo gleich das Essen kommt.

HERR NÜBEL Als erstes kommt immer die Flöte, dideldüdideldü macht die Flöte, und danach kommt die Geige mit Schrimmschrammschrummschrimmschrammschrumm und dann erst die Posaune mit BobabuBobabu und nicht umgekehrt. Ohne meine Orchesterordnung stehe ich nie auf.

HERR POTT Das ist eine schöne Aufmunterung, ein Prost auf Frau Tormanns Gesundheit.

FRAU ALBERT Prima, daß sowas noch an einen Tisch darf, hoch die Tassen, hoch die Tassen.

BERTA Achtung, Vorsicht, jetzt wird es brenzlig, Pfötchen weg, daß sich keiner verbrüht.

ALLE Oohhh! *Sie klatschen.*

BERTA Ich wünsche ihnen allen einen guten Appetit!

FRAU ALBERT Ringsherum ein gutes Tittchen!

HERR POTT Fräulein Meggie, wünschen sie uns auch ein gutes Tittchen?

MEGGIE Aber ja.

WINNIECASSETTE Wenn einer eine Reise tut

wenn einer eine Reise tut... mein liebes Muttchen, komm gerade zurück von Istanbul. Bei den Pekinesen bin ich bereits gewesen, die hab ich im Sack, Muttchen, und zwar volles Paket und das noch mit einer Eleganz, Muttchen, immer im Windschatten der Verhandlungspartner.

In Istanbul haben mir dann kurz mal die Knie geschlottert, kurz, kurz, Muttchen, kein Grund für eine Sorge, schon nach dem Flug war ich in reinster Meckerlaune, zwei Stunden lang ist deinem Winnie das Kondenswasser auf den Kopf getropft, ach Muttchen, nie wieder Turkish Airways!

Berta schaltet Frau Tormann das Gerät ab.

BERTA So, der Winnie läßt jetzt mal sein Muttchen in Ruhe ihre Suppe essen.

FRAU TORMANN Fräulein, ich sause, ich sause!

BERTA Ja, das kommt davon.

FRAU TORMANN Ich sause!

HERR NÜBEL Wenn es irgendwie geht, nicht in meinen Teller!

FRAU GRETI Süß, ist das süß, wie die Frau Torman ißt!

CARLA Setzen sie sich ruhig wieder hier hin, Herr Nübel.

HERR NÜBEL Ja, hin ist schön gesagt, Fräulein, hin ist jetzt vor allem mein Appetit.

HERR POTT Da muß ich gleich mal ein Loblied auf diese Suppe singen.

HERR ALBERT Ja, eine richtige Gemüselagune ist das.

FRAU GRETI Ein Gedicht.

FRAU ALBERT Ein Dosengedicht.

HERR POTT Momentchen, ich hab noch was vergessen, ein kleiner Kniff in die Backe, um das Schlimmste zu verhindern. Ich habe ihn heute wieder gesehen.

HERR ALBERT Wen?

HERR POTT Den Mann, der seit zehn Jahren keinen Geschlechtsverkehr mehr hatte.

Der Reihe nach zwicken sie ihre Nachbarn in die Backe, bei Herrn Nübel bricht es ab.

HERR POTT Herr Nübel, sie müssen ihre Nachbarin in die Backe zwicken, sonst bleibt es an ihnen hängen.

HERR NÜBEL Was?

FRAU ALBERT Eine Geschlechtskrankheit.

HERR POTT Sie müssen der Frau Tormann in die Backe zwicken.

HERR NÜBEL Da läßt sich nichts zwicken. Ich denke, das dauert noch ein Weilchen bis sie wieder Backen hat.

WINNIECASSETTE Wenn einer eine Reise tut, wenn einer eine Reise tut... mein liebes Muttchen, jetzt wirst du gleich 80 und die Welt spielt Dornröschenhecke. Nicht mal mit

Schwert und Düsenjäger schaff ich es zum großen Tag zu dir, aber du wirst 120, Muttchen, das weiß ich, das hat mir einer gesagt, und der hats gelesen aus deiner Hand, weißt du noch? Es grüßen dich unbekannterweise auch meine Chefs, beim einen war ich gerade zum Essen, dessen Mutter macht noch einen Englischkurs, saß später auf dem Sofa mit Kopfhörer im Ohr, this is my head, this is my head. Mein Muttchen aber kann ja Englisch, nun wär jetzt mal Französisch dran, nicht wahr? C'est ma tête, c'est ma tête, na, wie wärs? Und dann eine Reise, nur wir zwei, ins schöne Paris ohne ie, halt dich aufrecht, Muttchen, und gesund, die Chefs empfehlen dir weiterhin Obst und Milch, und deren Mütter spielen beide noch im Orchester. Es behält dich im Herz und sonst wo noch, dein Winnie.

Berta schaltet das Gerät aus.

FRAU GRETI Kommt wieder mal nicht.
HERR POTT Er kommt nicht?
ALLE Oah!
FRAU GRETI Armes Häschen, Frau Tormann, ganz armes Häschen.
HERR POTT Naja, sie wird ja trotzdem 80. Und wie bei jedem Geburtstag liegt mir wieder ein Gedicht auf der Zunge, die Fünfuhrmorgen-

vögel, mehr verrate ich noch nicht. Ich möchte nur soviel sagen, es ist noch ein Gedicht auf der Kippe, soll aber ein Liebesgedicht werden, nicht wahr, Fräulein Meggie Marilyn Marianne, ein Liebesgedicht wäre uns am willkommensten.

HERR ALBERT Jeder Geburtstag ist ein Grund für Kakao und Likörchen.

HERR POTT Likörchen aber nur für Erwachsene.

FRAU ALBERT Bei Kakao hab ich mich zum ersten Mal mit Bart gesehen, damals hätte ich nie mit einem Glückbrief gerechnet.

FRAU GRETI Das finde ich ganz traurig, Frau Tormann, daß ihr Winnie nicht kommt, da werden wir eben für sie sammeln, daß sie zwei Mark haben und ihren BH nicht mehr verkaufen müssen.

HERR ALBERT Dann hat sie fünf beisammen für Zigaretten.

FRAU ALBERT Und kann weitermachen an ihrer Humphrey Bogartlunge.

HERR POTT Da möchte ich gleich mal ein Prost aussprechen, davor hänge ich aber noch eine kleine Bitte...

FRAU ALBERT Prost; Prostata auf Hildes Glücksbrief!

HERR POTT Moment, ich bin noch nicht fertig, erst die kleine Bitte, könnte man bitte die gelben Vorhänge aus meinem Zimmer...

Frau Tormann spuckt Frau Greti zerkautes Brot ins Gesicht.

FRAU GRETI Oaa, die Sau, die böse Pfuisau die, alle herschauen, sofort herschauen, mich, wie immer mich trifft die ganze Schmotze!!!

HERR NÜBEL Ja, das ist aber auch wieder das Schöne daran, nicht wahr?

Dunkel.

Szene 3

Frau Albert und Frau Greti. Frau Albert sitzt auf einem Sessel und hält ihren Glücksbrief in der Hand. Frau Greti schmückt Frau Alberts lange Haare mit Essensresten und Papierschnipseln. Herr Pott geht durch den Raum und übt sein Gedicht, die Fünfuhrmorgenvögel. Carla, Berta und Meggie. Sie räumen den Tisch ab.

HERR POTT Die Fünfuhrmorgenvögel, ein Liebesgedicht für Fräulein Meggie Marilyn Marianne...
Und hätt ich auch verschiedenste Lieben
ganz in meiner Gewalt,
so daß daran Frau Judy Garlands Herz zerspränge,

ich wäre niemals so gelassen und so kalt
und liebte diese Gesänge,
der Fünfuhrmorgenvögel...,
jaja, das wird noch, das wird noch ein Gedicht gegen die Natur, das sehe ich kommen.

CARLA Eine Möwe kann schon mal 60 werden, das ist dann aber auch ziemlich alt für eine Möwe, ich würde sagen, gerade mal 60 und ein paar Zerquetschte.

BERTA Zerquetschte was?

CARLA Flügelschläge, Möwentage, was weiß ich, mit 60, wie gesagt, wirds für die Möwe ziemlich brenzlig. Die kann sich nicht mehr in die Lüfte schwingen, die greift im Wind nicht mehr, die kriegt sich selbst nicht hoch, die kannst du aus dem Flugzeug werfen, die fällt aus allen Wolken. So eine alte Möwe, die sitzt dann auf dem Geländer von einer Fähre, und fährt den ganzen Tag lang hin und her, weil sie die Seeluft braucht, weil ihr sonst der Appetit vergeht, ihr könnt euch vorstellen, was aus der Möwe wird, wenn ihr der Appetit vergeht.

BERTA Ja, ich kanns mir vorstellen.

CARLA Immerhin, eine Eule kann 120 werden und das ist noch nicht mal alt für eine Eule.

BERTA Wie kommst du von der Möwe auf die Eule?

CARLA Steigerung, Berta, Steigerung, die Eule wird 120, aber Frau Tormann wird nie 120.

MEGGIE Die wird nichtmal 80.

BERTA Nicht eine Türe würde ich hier noch öffnen, wenn ich nicht wüßte, irgendwann liegt dahinter eine Ingrid Bergmann, ein Rock Hudson, eine Ginger Rogers oder eine Billie Holiday.

CARLA Da würde ich nicht mal zum Fenster reinschauen.

BERTA Und heute liegt da eine Mae West.

MEGGIE Die Tormann hat nur überhaupt nichts von einer Mae West.

BERTA Sterben ist klein genug, da darf man ruhig übertreiben.

MEGGIE Ich kann nur hoffen, daß sie nicht geschmiert hat.

CARLA Na, Meggie, na, aber insgeheim...

MEGGIE Wenn die geschmiert hat, das sag ich euch, dann trink ich mir die Nase zu, sauf mich zum fröhlichen Grobian und dann soll die von mir aus in ihrer Kottapete 120 werden, ich wisch das nicht weg.

CARLA Aber insgeheim, na, Meggie, da hast du doch was übrig für...

MEGGIE Für was?

CARLA Für solche Geschichten, ich mein jetzt ganz insgeheim im Meggiegeheimfach, da brutzelt doch der Schweinkram auf Hochtouren was? Steckst nachts dem alten Pisspott die Zunge in den Schlund, überhaupt, wenn du könntest, dann gäbs hier doch nicht eine

Stelle, wo du mit deinem Fleischlappen nicht schon drüber wärst.

MEGGIE Ich frag mich, ob es an der Berta noch eine Stelle gibt, wo du mit deinem Fleischlappen noch nicht warst.

BERTA Bohrt hier jetzt mal nicht so wüste Löcher in diesen schönen Abend, wo wir vor so einer Großartigkeit stehen.

Die drei gehen ab und kommen mit etwas zu trinken zurück.

FRAU ALBERT Mal sehen, was mir der Glücksbrief alles bringt.

FRAU GRETI Heute abend, Frau Albert, suche ich mir einen neuen Partner.

FRAU ALBERT Sagen sie wirklich ja zu ihrem Glück, fragt mich der Glücksbrief.

FRAU GRETI Einen an den ich noch gerne denke, auch wenn er schon tot ist.

FRAU ALBERT Dann stellen sie sich erst einmal ein kleines Glück vor.

FRAU GRETI Einen, der sich freiwillig und gerne wäscht.

FRAU ALBERT Nicht gleich das Blaue vom Himmel verlangen.

FRAU GRETI An den letzten will ich mich nicht mehr erinnern.

FRAU ALBERT Erstmal nur eine kleine, süße Alltäglichkeit.

FRAU GRETI Saß da und hat seine eigenen Ohrenstäbchen gegessen, mehr sag ich nicht.

FRAU ALBERT Im Kakao die Lippen schwimmen lassen.

FRAU GRETI Der neue, der darf dann eine neue Greti entdecken, die vielen unbemerkten Gretistellen, die nur die Kellnerinnen kennen.

FRAU ALBERT Mir selbst das Negerbärtchen weglecken.

FRAU GRETI Die geheimen Kitzligkeiten von Frau Greti, wo noch nie ein Partnerfinger war.

FRAU ALBERT Können sie mit ihrem Ekelkram nicht immer dazwischenfunken, ich muß mich auf mein kleines Glück konzentrieren.

FRAU GRETI Dann wünschen sie sich, daß alle Bäckereien schließen, sobald sie davorstehen.

FRAU ALBERT Wieso?

FRAU GRETI Weil man ihnen sonst das Bein abnehmen muß.

FRAU GRETI Oah, hallo, Kellnerinnen, hallo, die Frau Albert hat hier wieder, die hat hier wieder ganz ordentlich...

Berta und Carla geben Meggie zu verstehen, daß sie es wegputzen soll.

FRAU ALBERT Alles Wünsche, nichts als Wünsche.

MEGGIE Die ganze Hose voll, solang im Mund die Spucke sprudelt, Frau Albert, hört das nie auf.

FRAU ALBERT Fräuleinchen, Fräuleinchen, ihnen geh ich aber gleich mal an die Nieren.

MEGGIE Gleich mal, Frau Albert, ist hier Zeit für Augen zu.
Ich frage mich, ob man das noch lebend nennen kann.

BERTA Werd nicht willkürlich, Meggie, man kann mit einem Augenlid noch ein Buch diktieren.

MEGGIE Das ist nicht mein Beruf, ich frag mich, ob das überhaupt ein Beruf ist. Schon lange frag ich mich, wann aus diesem Nebensachengewurschtel endlich die Hauptsache erscheint. Ich bin jetzt 32 und warte täglich, daß hier mal endlich mein Beruf auftaucht. Meine Cousinen, die bauen Flughäfen in der ganzen Welt, für die ist Europa ein alter Speiserest, die sind schon lang in Hongkong, versteht ihr, da sind die spezialisiert, die bauen Flughäfen, da kommt alles durch, was grad noch ein Kopf hat, versteht ihr, die denken an jede Behinderung, Aufzüge für Blinde und so. Wenn die hier mal rüberfliegen, dann denken die, da unten hockt die Meggie und verpennt ihre eigene Entwicklung, weil ich noch nicht mal richtig spezialisiert bin, weil man hier richtig zerfleddert in diesem Haufen. Ich möchte spezialisiert sein, versteht ihr, durch und durch geschliffen, völlig einseitig, nutzlos, beschränkt, unbrauchbar für Tesafilm, unbrauchbar fürs Aufwischen, unbrauchbar fürs Nachfüllen von Seifenspendern, jenseits meiner Spezialisierung möchte ich eine Katastrophe sein, eine zerstreute Linkshändige, eine Gefahr fürs Alltägliche. Ich möchte, daß man mir meinen Beruf ansieht, so wie man eine Spitzensportlerin am Hals erkennt, ich möchte, daß man vor mir stehen bleibt und sagt, Mensch, die Meggie, für 32 hat die aber ziemlich dunkle Augen, Sterbebegleitung, versteht ihr, Stewardeß für die letzte Reise, so was schwebt mir vor, und dann die Wracks aufpolieren so gut es eben geht.

BERTA Schaust du manchmal auf deine Hände, Meggie? Abends zum Beispiel, bevor du ins Bett gehst?

MEGGIE Was soll denn das bringen?

BERTA Kennst du das nicht? Das Gefühl, die eigenen Hände seien zu selbständig geworden, Vollstreckerchen, perfekte Ausführer, machen keinen Unterschied zwischen dir und einer Frau Tormann, kämmen abends dein Haar, als hättest du keine Zukunft mehr, selbst beim Essen kommst du dir gefüttert vor, ausgeliefert an deine eigenen Hände. Abends ist es am schlimmsten, bevor ich ins Bett gehe, ich möchte sie dann am liebsten abnehmen. Diese Hände denke ich, gehören nicht in mein Bett.

MEGGIE Das ist mir fremd, Berta, das meine ich nicht, ich will nicht Frau Sonderling werden, irgend so ein verschrobenes Original, so ein Totengräber, der sein Kinn ausrenkt und bis zur Nase hochziehn kann.

CARLA Ich denke, wir sollten jetzt langsam...

BERTA Richtig.

Sie stoßen wieder an. Währenddessen wickelt Frau Albert ihr Bein aus.

BERTA Auf daß die hier mit Glamour abkratzen dürfen.

MEGGIE Wir sind nicht das Mutterteresatierheim.

CARLA Was hier abkratzt, sieht nicht aus wie Hutzel.

MEGGIE Und wenn hier was abkratzt, was aussieht wie Ötzi, dann gehe ich aber nachher, wenns sein muß, mit dem Lötkolben dran, dann sieht das immerhin noch aus; als hätte Ötzi vorher noch die Sophia Loren gevögelt.

BERTA Na, jetzt übertreib mal nicht.

CARLA Ganz die Meggie.

MEGGIE Doch, doch, da muß man übertreiben, da gabs ganz andere Zeiten, da hat man denen Trauben in die Haare geflochten, den Mund voll mit Weizen und tschüss.

CARLA Ich frag mich nur, wie Meggies Eltern gestorben sind.

MEGGIE Da sind so viele ringsherum gestorben, ich könnte jetzt nicht mehr sagen, wer davon mein Vater oder meine Mutter war. Zwei sind mal morgens tot im Bett gelegen, nackt wie John Lennon und Yoko Ono, das könnten sie gewesen sein, aber sicher bin auch nicht.

Frau Albert klatscht in die Hände, Frau Greti ist entsetzt über Frau Alberts Bein.

FRAU GRETI Ach nein, das ist ja... hallo, Kellnerinnen, hallo, sowas gehört doch nicht ans Tageslicht, da kann man doch nicht hinsehen, da hinsehen, da braucht man doch eine Ausbildung!

BERTA Jawohl, höchste Zeit, daß hier die Sonne endlich untergeht und jede Nacht ist eine Chance für alte Mädchen, nicht wahr, aber der Schlaf, der Schlaf ist wie immer ohne jede Gewähr, kommen Sie.

Herr Nübel tritt auf.

HERR NÜBEL Achtung, keiner, aber gar keiner kommt mir hier mit Schlüsseln wieder raus...

Dunkel.

Szene 4

Gemeinschaftsraum, Frau Albert im Nachthemd und einer Blume hinterm Ohr, sie versucht verzweifelt, einen Brief in ein Kuvert zu stecken, Herr Pott schläft im Sessel. Herr Albert tritt auf.

HERR ALBERT Jetzt laß aber mal die Ruhe einkehren.

FRAU ALBERT Wird schon, wird schon.

HERR ALBERT Du wirst immer schöner Hilde.

FRAU ALBERT Ja.

HERR ALBERT Bist schon fast verantwortungslos schön, Hilde.

FRAU ALBERT Ja.

HERR ALBERT Bist schon richtig eine Billie Holiday.

FRAU ALBERT Kommt alles vom Glücksbrief.

HERR ALBERT 80 mal, Hilde, 80 mal ist der schon um die ganze Welt gekommen.

FRAU ALBERT Ist eben ein Glücksbrief.

HERR ALBERT Seit 1953, Hilde, ist der schon unterwegs.

FRAU ALBERT Und jetzt ist der zisch boing zack bei Hilde gelandet.

HERR ALBERT Wer den schon alles in den Fingern hatte, Hilde.

FRAU ALBERT Die leben alle noch.

HERR ALBERT Blinde Inder, gehbehinderte Japaner, deutsche Kranfahrer...

FRAU ALBERT Und jetzt ist der zisch boing zack bei Hilde gelandet.

HERR ALBERT Soviel Glück hat der hinterlassen.

FRAU ALBERT Lauter Filmstars.

HERR ALBERT Hat überall Glück gebracht...

FRAU ALBERT Wenn man kein Doofi ist.

HERR ALBERT Wie?

FRAU ALBERT Nur nicht murksen.

HERR ALBERT Man muß ihn weiterschicken, Hilde, man darf ihn nicht behalten, das steht da drin.

FRAU ALBERT Jaja.

HERR ALBERT Verknickel ihn nicht, Hilde, wir müssen ihn weiterschicken.

FRAU ALBERT Heilandzack nochmal!

HERR ALBERT Wir müssen uns jemanden überlegen, Hilde, es muß uns schnell jemand einfallen, dem wir Glück wünschen.

FRAU ALBERT 4292958

HERR ALBERT Was?

FRAU ALBERT Hallo, hier spricht Hilde.

HERR ALBERT Aber nicht deutlich, Hilde, du sprichst nicht mehr ganz deutlich. Jeden zweiten Satz, Hilde, versteht man bei dir nur Tatütata Tatütata!

FRAU ALBERT Ja, du bist der Notfall, Albert, und ich habe eine ganz dunkle Ahnung...

HERR ALBERT Komm jetzt, Hilde, komm.
FRAU ALBERT Ich glaube nicht, daß meine Eltern wissen, daß ich hier bin.

Von hinten hört man Herrn Nübel sein Lied singen.

HERR NÜBEL Wollt ihr mal meine Instrumente hören, als erstes meine Flöte, dideldüdideldü macht die Flöte...

Es gibt einen kleinen Knall, Herr Nübel wollte das Licht anmachen, der Lampe über dem Tisch ist die Birne durchgeknallt.

HERR NÜBEL Entschuldigung, Entschuldigung, ich wars, Herr Nübel, großes N und kleines übel.
FRAU ALBERT Sind Sie der Teufel?
HERR NÜBEL Der Teufel, schön wärs, der Teufel, aber selbst der Teufel käme nirgends mehr hin mit soviel Medikamenten. Aber keine Angst, ich gebe nicht auf, haben Sie vielleicht meine Schlüssel gesehen?
HERR ALBERT Kommen Sie denn mit Ihren Fingern noch überall hin, Herr Nübel?
HERR NÜBEL Ja, und wo ich hinkomm, knallts, das nenn ich Nebenwirkungen, vier verschiedene Farben gegen den Schlaganfall, ich bin ja nicht plem plem, ich werde hier noch zum Knallbonbon. Was sind denn das für Nächte,

frag ich mich, wenn alles zur Ruhe kommt, und nur in meinem Mund dreht die Zunge noch wie ein Propeller?

Herr Pott schreckt auf.

HERR POTT Um Gottes willen, wie spät ist es?
FRAU ALBERT Schon wieder nach vier, schon wieder rollt einem Tag der Kopf herunter!
HERR POTT Zu spät, zu spät, Judy Garland kommt heute nicht mehr im Fernsehn.

Dunkel.

Szene 5

King Kongs Töchter machen Frau Tormann als Mae West zurecht.

BERTA Brav, altes Mädchen, brav, dich mach ich heute Nacht zum großen Kitsch, zur Sexgöttin aus der Mottenkiste, in deinen Untergang leg ich mein ganzes Herzblut.
MEGGIE Mal ihr den Mund nicht zu groß, Berta.
BERTA 80 werden, was altes Mäuschen, 80 werden und dann noch drüber, wer will das sehen, wer will schon zusehen, wie du hier langsam in die Matratze sickerst.

CARLA Eine Krähe kann schon mal 80 werden, aber das ist dann auch sehr alt für eine Krähe.

MEGGIE Gott sei Dank, hat sie nicht geschmiert.

CARLA Die findet keinen Partner mehr, wer will schon mit einer 80jährigen Krähe seinen Frühling planen. *Lacht.*

BERTA Die größte Verlogenheit, Schätzchen, meints ehrlicher mit dir als jede Wirklichkeit.

MEGGIE Wieviel Lippen malst du der eigentlich?

CARLA Und trotzdem baut sich so ne alte Krähe dann ein Nest, naja, Nest ist vielleicht zuviel gesagt.

BERTA Eine Sexgöttin kann an ihrem letzten Abend nicht an Lippen sparen.

CARLA Die kriegt es gerade noch gebacken, paar dürre Ästchen irgendwo hinzutragen, aber sie kann ja nicht einfach sterben, ist total schwierig für so ne alte Krähe zu sterben.

BERTA Da verlangt die extra noch ne Portion Lippen mehr, spielt hier die große Vorfahrin aller unserer Küsse.

CARLA Manchmal kann sie es versuchen an den Fensterscheiben z.B., wenn sie sich selbst sieht, die muß sich ja für einen Feind halten, aber sie ist so grauenhaft robust, so elendig zäh, der Grund auch, warum die keiner frißt, die Krähe kriegt sich selbst nicht tot, das ist ihre Verzweiflung, hört ihr mir eigentlich zu?

MEGGIE Hier spricht mal wieder seit ner halben Stunde Brehms Tierleben.

CARLA Ich will nur noch schnell sagen, was ich mir geschworen habe, wenn ich mal so eine alte Krähe finde, dann schlag ich ihr den Schädel ein, jawohl, ich schlag auf diese alte Krähe ein, wie ich noch nie auf was eingeschlagen habe, feste harte Schläge, ich hau der... schläft sie eigentlich?

MEGGIE Nein.

CARLA Oh Gott...

BERTA Rührend, ich sag euch, die so auf dem Sofa und mir rinnt das Wasser aus den Augen.

CARLA Hoffentlich hat sie das nicht gehört. Ich mein, das mit den Krähen, wär mir nicht recht, wenn sie das gehört hat, daß ich alte Krähen totschlage.

MEGGIE Sie wird es schon nicht weitererzählen.

CARLA Eine Sterbende muß aber auch immer alles auf sich beziehen. Das kann man nicht mehr pflegen.

MEGGIE Kein Sohn der Welt könnte das leisten.

CARLA Das pflegen, man bräuchte ne Art Orchideenabitur.

MEGGIE Und wer möchte schon als Muttchen sterben.

BERTA Ja, sterben und sich selbst noch ähnlich sein, das ist zuviel verlangt.

Dunkel.

Szene 6

Gemeinschaftsraum. Frau Albert und Frau Greti, Frau Greti kommt mit einem Stapel Männerkleider, Herr Pott geht über die Bühne und übt sein Gedicht.

HERR POTT Die Fünfuhrmorgenvögel, Meggie Marilyn Marianne,
was bin ich wieder gerudert
die ganze Nacht zu dir,
und hab dabei nichts weiter als verschludert,
das eigne Bettzeug mir,
nun lieg ich naß im Lakenstrudel
und träum die Liebesnacht mit dir sei dort veschluckt,
da zwitschert schon von neuem das böse Rudel,
er hätte auch diese Nacht nichts weiter
als ganz lächerlich gezuckt...
oh, laßt mich in anderen Sprachen weiterdenken,
ihr Fünfuhrmorgenvögel...

FRAU GRETI Ich hab jetzt das Fach in meinem Schrank leergeräumt.

FRAU ALBERT Als sei das schön.

FRAU GRETI Jetzt kann ein Neuer einziehen, einer von dem man noch lange zehren möchte, auch wenn es ihn mal nicht mehr gibt. Einen Mageren nehme ich nicht mehr, das schwöre ich ihnen, nie wieder einen Mageren. Er muß nicht aussehen wie Horst Tappert, aber gehbehindert und halb blind, das kommt mir nicht mehr in die Tüte. Der Neue darf von mir aus eine langsame Krankheit haben, einen gemütlichen Krebs, aber nie wieder einer, bei dem ein Holzfäller in den Knochen sitzt.

FRAU ALBERT Als sei das schön.

FRAU GRETI Und er darf mich dann berühren, Frau Albert, an meinen unbemerkten Stellen, darf er mich berühren. Wollen sie sein, wo noch kein Mensch war, werde ich sagen, wollen sie der Erste auf der Welt sein, der Gretis unbemerkte Stellen entdeckt, denn Greti hat immer noch jungfräuliche Schlupfwinkel, wo noch keiner war. *Lacht.*

FRAU ALBERT Als sei das schön.

FRAU GRETI Eine Garderobe soll er haben, die zu meiner paßt. Ich trage im Winter z.B. gerne Pelze, und wenn er wissen will, ob ich Geschmack habe, dann soll er sich ruhig mal die Gräber von meinen Verflossenen anschauen, da kann er sehen, daß ich Geschmack habe, da ist eines schöner wie das andere, aber die Erinnerungen halten da schon lange nicht mehr mit.

FRAU ALBERT Als sei das schön.

FRAU GRETI Sie sind ein armes Häschen, Frau Albert, ein ganz armes Häschen.

FRAU ALBERT Warum?

FRAU GRETI Weil Sie nie mehr Kakao trinken dürfen.

FRAU ALBERT Man macht eine Ausnahme. Die Kellnerinnen haben es versprochen, morgen macht man eine Glücksbriefausnahme, Frau Tormann wird 80.

FRAU GRETI Dann muß man Ihnen aber das Bein abnehmen.

FRAU ALBERT Das Bein kommt wo ganz anders her, sowas kommt nicht vom Kakao. Das ist von vornherein schiefgewickelt. Das frage ich mich schon lange, aus was für einem Krieg das sein soll. Das möchte ich gerne mal wissen, was das für ein Krieg gewesen sein soll, wo man so zurückkommt. Damit geh ich ins Fernsehn, ins Gesundheitsmagazin, und dann soll man sich mal fragen, wer ich bin, daß ich alle Krankheiten der Dritten Welt habe! In meinem Zimmer lebt eine Käferart, die gibt es in ganz Europa nicht mehr. Das ist ein Skandal! Frau Bundespräsident, das ist ein Skandal, den gibt es gar nicht! Frau Albert führt einen Krieg, den keiner kennt. Skorbut geht hier ein und aus, ich darbe wie ein Seefahrer vor zweihundert Jahren. Nur gibt es für mich nichts mehr zu entdecken, kein Durchbruch von einem Pol zum anderen. Ich frage mich nur, ob meine Eltern wissen, daß ich hier bin.

FRAU GRETI Armes Häschen, Frau Albert,

ganz armes Häschen. Aber wenn sie Ihnen das Bein abnehmen, das verspreche ich Ihnen, dann sorge ich dafür, daß Sie nie wieder zwei Schuhe bezahlen müssen, sondern immer nur einen, Sie sollen immer nur einen Schuh bezahlen müssen, weil Sie nur ein Bein haben, das versprech ich Ihnen, Frau Albert.

FRAU ALBERT Das ist lieb, das ist ganz lieb und beschämend, weil ich von so einer lieben Freundin so schlimm träumen muß.

FRAU GRETI Macht doch nichts, sind ja nur Träume, ich muß jetzt gehen, Frau Albert.

FRAU ALBERT Kann man aber nie sicher wissen.

FRAU GRETI Aber ja.

FRAU ALBERT Heute nacht haben wir zum Beispiel Ihre Hinrichtung besprochen, Fräulein Carla, Fräulein Meggie, Fräulein Berta, ich und die andern.

FRAU GRETI Wieso meine?

FRAU ALBERT Darüber haben wir gar nicht gesprochen. Es ging nur darum, ob wir Sie hinrichten lassen oder nicht.

FRAU GRETI Aha.

FRAU ALBERT War ja so leicht, gegen Ihre Hinrichtung zu sein, Greti, das haben wir alle gemerkt, ist ja nichts leichter als gegen eine Hinrichtung zu sein.

FRAU GRETI Denk ich mal.

FRAU ALBERT Andererseits, für Ihre Hinrichtung zu sein, Greti, das war uns unmöglich, schwer und bedrückend.

FRAU GRETI Wie habt Ihr euch entschieden?

FRAU ALBERT Wir haben uns dann doch fürs Unerträgliche entschieden, Greti, wir haben einen Elektriker kommen lassen, der das für uns erledigt und haben so lange einen Spaziergang gemacht, Fräulein Carla, Fräulein Meggie, Fräulein Berta, ich und die andern. Lange sind wir noch herumgeschlendert, still und im Gleichschritt, und dachten, jetzt sind sie futsch, all die jungfräulichen Schlupfwinkel von Frau Greti, für immer futsch futsch futsch. Und noch nie, Greti, haben wir die Natur so intensiv erlebt.

Frau Greti ab.

Dunkel.

Szene 7

Berta, Carla und Meggie tragen das Sofa hinein.

BERTA Wir sind ein Wunder zu dritt, könnte man sagen.
MEGGIE Meinst du, die paßt da drauf?
CARLA Auf ein Sofa kannst du legen, was du willst, das formt aus allem eine Frau.

Berta beugt sich über Frau Tormann.

CARLA Sagt sie was?
BERTA Sie wartet.
CARLA Hat sich ganz in ihr Ohr zurückgezogen, schneidet haarscharf jedes Wort mit, was hier gesprochen wird.
BERTA Ihr werdet dann dort stehen, als Anbeter, das ist der Moment für Lämpchen blink an, blink aus, blink an und auf dem Sofa japst der Mythos noch einmal nach Luft.
MEGGIE Ich kanns kaum erwarten.
CARLA Wenn sie ihren letzten Satz sagt, werde ich mich über sie beugen, und leih Mae West zum letzten Mal ein Ohr.
MEGGIE An deiner Stelle würd ich nicht so nah ran gehen.
CARLA Wieso?

MEGGIE Falls sie es gehört hat, das mit den Krähen.

BERTA Misses Mae West, das Sofa ist eingetroffen, wartet auf seinen letzten Passagier.

MEGGIE Schau nach, wo sie die Hände hat.

CARLA Über der Scham gefaltet, wie sichs gehört.

BERTA Was Ihnen da für letzte Worte kommen mögen...

CARLA Die Verführerin im Flossenkleid...

MEGGIE Die Frau auf der Welle...

BERTA So, dann wolln wir sie jetzt mal ganz vorsichtig hinübertragen.

CARLA Wenn sie gehört hat, daß ich alte Krähen totschlage, soll sie es lieber jetzt sagen.

BERTA Könnt ihr mir mal helfen, sie ist nicht die Garbo.

CARLA Wer weiß, wo die mit der Geschichte untergeht, tobt irgendwo in der Unendlichkeit damit herum.

BERTA Carla...

CARLA Wenn sie es gehört hat, dann soll sie bitte auch wissen, daß ich mit erhobnem Zeigefinger aus der Mitte eines Sees, einarmig an Land schwimme, nur um eine Biene zu retten.

BERTA Oh nein...

CARLA Was denn?

BERTA Jetzt hat sie auf einmal den Mund aufgerissen...

CARLA Au au au.
MEGGIE Was hast du ihr auch so ne riesen Fresse verpaßt.
BERTA Fällt völlig aus der Rolle.
MEGGIE Sag ihr, daß sie den Mund wieder zumachen soll!
CARLA Vorsicht, Berta, daß sie nicht schnappt.
BERTA Oahh.
MEGGIE Sag ihr, sie muß den Mund zumachen!
CARLA Schnappen, aufbäumen, festkrallen, Rita Hayworth, Bette Davis, Zarah Leander, habe ich alles schon erlebt.
BERTA Abgründig...
MEGGIE Zumachen, los zumachen! Ist immerhin ihr letztes Gesicht, Berta, ihr letztes Gesicht auf Erden, ist nicht ganz unwichtig, das letzte Gesicht auf Erden.
BERTA Ich krieg ihn nicht zu!
MEGGIE Komplikationen, Komplikationen!

Carla gibt Meggie einen Klaps auf die Stirn.

CARLA So, das mußte aber mal ...
BERTA Jetzt schnell, los helft mir!

Sie tragen Frau Tormann mit Mühe auf das Sofa.

BERTA Wie anders sie gleich...
CARLA Ich wußts ..

BERTA Aussieht.
MEGGIE Wie ein Fisch in einer zu kleinen Pfanne.
BERTA Die große Verführerin...
CARLA Paßt nicht drauf.
BERTA Wartet doch ab.
CARLA Schmilzt sie noch?
BERTA Lämpchen jetzt, Lämpchen blink an, blink aus, blink an!

Frau Tormann stürzt vom Sofa, Carla kriegt eins ab und läuft aufgebracht umher, sie hält sich ein Auge zu.

BERTA Du machst sie ganz nervös!
CARLA Ich sag dir gleich, ich sag dir gleich, was ich die mache!
MEGGIE Hätt ich der nicht zugetraut.
CARLA Ich könnte blind sein!
MEGGIE Sieht nicht gut aus da unten.
CARLA Ich könnt jetzt auf einem Auge blind sein!
BERTA Weil du nicht abwarten konntest, weil du den Moment verpaßt hast, weil du einfach drauf los pfuschst!
CARLA Kann ich wissen, daß die zuletzt noch ausschlägt wie ein böser Affe!
BERTA Entwürdigend.
CARLA Entwürdigend? Krieg du mal einen 80jährigen Ellenbogen ins Auge, das ist ne ziemlich schmerzhafte Scheiße.

MEGGIE In drei Minuten hat die Geburtstag. Total beschädigt, wenn die da unten abkratzt, die kriegst du durch keinen Verwandtentüv mehr.

CARLA Herr Tormann, das freut mich aber, daß sie gekommen sind. Ihr Muttchen, Herr Tormann, hat sich kurz vor ihrem 80sten Geburtstag selbst gerichtet.

BERTA Frau Tormann, wollen wir nicht langsam wieder von da unten vorkommen.

MEGGIE Langsam langsam, soviel Zeit hab ich nicht.

CARLA Die Meggie drängts nach draußen, zum Fünfuhrmorgenvögeln mit Herrn Pott.

MEGGIE Und solange dieser Feldwaldundwiesenskinhead hier auf und ab trampelt, kommt die da unten nie raus.

BERTA Das wär mal wieder einer dieser Momente...

Meggie legt sich auf das Sofa.

CARLA Ich bin so gespannt, was ihr letzter Satz sein wird, Fräulein Meggie Marilyn Marianne.

BERTA Pass auf, gleich hockt die dir mit ihrem fetten Maul mitten im Gesicht.

CARLA Auf dem Boden hockt Maria mit dem Nagelstudio und sabbert sich ins eigne Dekolleté.

Meggie lacht.

CARLA Ich würde so gerne wissen, was in ihrem Kopf vorgeht, da wo bereits der letzte Satz schlummert, im Fräulein Meggiemariannen-geheimfach. Lassen sie mich bitte nie allein mit Berta.

MEGGIE Irgendwann werde ich in ein Flugzeug steigen, und dann werde ich in einem der Flughäfen meiner Cousinen landen.

BERTA Ich muß auch irgendwann in ein Flugzeug steigen, wenn man mir den Preis verleiht.

MEGGIE Man wird mich dann als Spezialistin einfliegen lassen.

BERTA Weil man mir den Preis in einer schönen Umgebung verleihen will, auf einer Insel, der Preis für Berta, heißt es, wird in der Sonne verliehen.

MEGGIE Wo ich hinkomme, werden sie sagen, so jung ist die noch und schon so dunkle Augen, so einseitig trainiert, ja ist denn das gesund, ist denn das gesund!

BERTA Dann werden sie mich erst einmal einladen und jeder will in meiner Nähe sitzen, weil ich so schöne Geschichten über den Tod erzählen kann, weil ich den Mund voll letzter Sätze habe, die letzten Sätze der großen Verführer und Verführerinnen.

MEGGIE Man wird mir zuliebe dunkle Anzüge

tragen, weil die Geschichte über meine Augen schon die Runde gemacht hat... man wird sich fragen, was diese Augen wohl schon alles gesehen haben...

CARLA Ich habe dann wieder eine halbe Woche Unsterblichkeit vor mir, und diesmal werde ich die nutzen, oh ja, da tauche ich mitten hinein ins Leben wie noch nie etwas Lebendes ins Leben selbst hinein ist. Keinen Ekel vor nichts, weil eine Unsterbliche keinen Ekel hat.

BERTA Die Ehefrauen werden ihren Männern die Augen zuhalten, sobald ich auftauche...

MEGGIE Wenn ich dann erschöpft in meinem Hotel liege, erschöpft von all den Spezialistinnensorgen, wird mich einer anrufen, einer, der sich traut eine Spezialistin zu stören, einer dem meine Augen nicht mehr aus dem Kopf gehen.

BERTA Mich wird auch einer ansprechen, einer der nicht locker läßt, der mehr wissen möchte...

CARLA Das wird derselbe sein, den hab ich euch geliefert, einer, der in meinen unsterblichen Nächten an mir hängen blieb, weil in den unsterblichen Nächten immer etwas an einem hängen bleibt und ihr in meiner Wohnung nur darauf wartet, wie ich am Morgen zurückkehren werde und mir die Lebensreste abstreife. Da wird dann einer auf den Boden purzeln extra für euch, so wie man einem Drachen immer wieder ein Jungfrau vorwirft, vor allem aber tu ich das, um meine Möbel zu schonen, weil die Berta sich nämlich sonst an allem reibt und schabt und auf meinem Teppich auf und abglitscht wie eine wahnsinnig gewordene Schnecke.

Meggie lacht. Berta geht auf Carla los.

MEGGIE Und irgendwann weit hinter mir sehe ich zwei kleine Brocken tanzen, auseinander und wieder zusammen, und man kann von soweit gar nicht sagen, ob sie sich gerade in den Haaren haben oder wieder in den Mündern. Ich frage mich dann nur warum, warum habe ich mich denn überhaupt noch einmal umgedreht....

Frau Torman stößt einen leisen, kurzen Schrei aus.

MEGGIE War das der letzte Satz?
CARLA Klingt wie ein Vogel, der ein Baby nachmacht.
MEGGIE Oder ein Baby, das einen Vogel nachmacht.
CARLA Eine Schreiende, die einen Schreienden nachmacht.
BERTA Klingt nicht ganz echt.

Dunkel.

Szene 8

Herr Pott arbeitet an seinem Gedicht, die Fünfuhrmorgenvögel, dann treten Frau Albert mit Mantel und Glücksbrief und Herr Albert auf.

HERR POTT Die Fünfuhrmorgenvögel... und wieder treiben sie die Preise in die Höhe, Profitgeier, selbst das Rotkehlchen, und ich bin so blank, so völlig blank vor Angst. Fräulein Meggie Marilyn Marianne?

HERR ALBERT Hilde, um Gotteswillen, weißt du, wie spät es ist?

FRAU ALBERT Schon wieder nach vier, schon wieder rollt einem Tag der Kopf herunter, Heilandzack nochmal!

HERR ALBERT Oh, Hilde, du, du hast da wieder...

FRAU ALBERT Hände weg, Hände weg von den Rosinchen.

HERR ALBERT Hilde, ich komm mit den Finger nicht mehr, wo ich muß, komm, Hilde, komm jetzt bitte.

FRAU ALBERT Sowas mache ich nicht.

HERR ALBERT Was?

FRAU ALBERT Fremdländer.

HERR ALBERT Albert, ich bin Albert, Hilde.

FRAU ALBERT Fremd und krank, Aufwiedersehen.

HERR ALBERT Dein Albert, Hilde.

FRAU ALBERT Dein Albert, Hilde Alberthilde, Wolfgangshöhe.
HERR ALBERT Bist du nicht mehr ganz, Hilde.
FRAU ALBERT Ich warte hier auf meine Eltern.
HERR ALBERT Kennst du mich nicht?
FRAU ALBERT Weiß ich noch, in welchen Gärten ich überall eine Strumpfhose vergessen habe, weiß ich das?
HERR ALBERT Das ist wieder der Kopf, Hilde.
FRAU ALBERT Auf Wiedersehen, Sie großes Haut und Haarproblem, auf Wiedersehen.

Hilde geht langsam weg, Albert folgt ihr. Berta, Carla und Meggie treten auf.

CARLA Berta, mir geht es nicht in den Kopf, wieso ich....
BERTA Wenn es irgendwie geht, laß uns jetzt nicht über Köpfe reden.
CARLA Ja...

Am Bühnenrand sieht man Rolfi, der Frau Greti im Rollstuhl schiebt, Rolfi trägt einen Rucksack auf dem Rücken, Carla, Berta und Meggie sehen erstaunt zu.

MEGGIE Oah...
CARLA Was?
BERTA Nein...
CARLA Doch.

BERTA Das habe ich aber...
CARLA Ja, das haben wir....
BERTA Das hab ich wirklich...
MEGGIE Oh ja.
BERTA Verdient... und gleich so....
CARLA Ja, nicht wahr, das...
BERTA So schön...
CARLA Hätt ja auch z.B...
BERTA So... ganz und gar...
CARLA Ein junger Hund sein können...
MEGGIE Vollkommen...
CARLA Hauptsache...
BERTA Es paßt nicht hierher
CARLA Drachenfütterung!! Berta, Meggie!! Drachenfütterung!!!

Frau Greti im Rollstuhl, sie wird von Rolfi hereingeschoben, an seiner Hose hängt ein Werkzeugschlüsselbund.

FRAU GRETI Fühlen Sie sich wie zu Hause, leider kann ich Ihnen nichts mehr anbieten, die Küche hat schon zu und die Kellnerinnen liegen bereits im Dunkeln.
ROLFI Ist das Ihr Eßzimmer?
FRAU GRETI Ja.
ROLFI Gigantisch.
FRAU GRETI Da sitz ich manchmal auch einfach so da.
ROLFI Immer sitzen, immer alleine, was?

FRAU GRETI Nicht einmal Nüßchen kann ich ihnen anbieten.

ROLFI Wissen Sie, was ich da sofort höre?

FRAU GRETI Nein.

ROLFI Tock tock tock.

FRAU GRETI Aha.

ROLFI Sie sind das, morgens, alleine, sitzen hier und klopfen auf Ihr Frühstücksei. Tock tock tock, der einsamste Specht weit und breit. Stimmts?

FRAU GRETI Ach, ich hab ja ständig Besuch. Auf Schritt und Tritt immer Freunde.

ROLFI Sind wohl so ne Art Mutter Teresa, was?

FRAU GRETI Hm.

ROLFI Ich bin auch sentimental, ich hab zwar diese böse Phantasie, aber ich bin auch sentimental. Sie können ruhig Rolfi zu mir sagen.

FRAU GRETI Greti, ich bin Greti. Nicht einmal Kekschen kann ich Ihnen anbieten.

ROLFI Nichts bemühen, Greti, nichts bemühen, ich krieg jetzt keinen Bissen runter, glaub mir, das knüllt mir den Magen zusammen, wenn ich nur dran denke.

FRAU GRETI Kakao kann ich auch nicht machen, liegt auch nicht in meiner Macht.

ROLFI Wenn du nichts dagegen hast, setz ich mich hier einfach an den Tisch und stör nicht weiter und vielleicht fällt dir plötzlich etwas ein, was du repariert haben möchtest, irgendein Knacks in der Wohnung, was weiß ich, ein

Wackler oder ne Leitung, die nicht ganz dicht ist. Dann nutze mich ruhig aus, Greti, siehst ja, ich hab den Klimper ständig dabei, ich bin nur froh, wenn ich heute noch was zwischen die Hände krieg, was endlich klappt, nachdem dieser Tag mich so gründlich verarscht hat.

FRAU GRETI Ein Elektriker...

ROLFI Elektriker, unter anderem auch Elektriker, ja.

FRAU GRETI Habe ich mir immer gewünscht.

ROLFI Ich denke mal, daß es bei mir auf Beruf mit Schürze hinausläuft. Nur welche Schürze das werden wird, weiß ich noch nicht so genau, verstehst du, ich bin sozusagen ein ganzer Berufszweig, sowas, das deckst du mit einer Schürze gar nicht ab. Mich kannst du unter jedes Auto legen oder, von mir aus, stell mich in den Garten und du wirst dich wundern, was ich aus Büschen alles raushol. Gigantisch.

FRAU GRETI Die Lampe hier hätte dringend eine Hilfe nötig und...

ROLFI Klar, Greti, kein Problem, ich mach dir die Lampe, und wenn du mich loshaben willst, mußt dus nur sagen, ich gehe auch wieder.

FRAU GRETI Können Sie mir bitte die Füße hochlegen, Rolfi.

ROLFI Klar, Greti.

FRAU GRETI Schuhe ausziehen! Die Schuhe ausziehen! *Rolfi tut es.* Strümpfe auch! Jetzt Sie!
ROLFI Was?
FRAU GRETI Ausziehen!
ROLFI Muß das...
FRAU GRETI Ist ein Gebot!

Rolfi zieht sich Schuhe und Socken aus.

FRAU GRETI Jetzt sind wir beide ganz nackt an den Füßen, unsere Füße könnten zusammen einen Tanzkurs machen. *Sie steht aus dem Rollstuhl auf.* Hallo, sagt der nackte Gretifuß zum nackten Rolfifuß...
ROLFI Ich bin nicht drauf angewiesen, daß ich heute nacht irgenwo meinen Kopf auf den Tisch legen muß, Greti, ich hab ja alles, was ich brauche.

Er stellt seinen Rucksack auf den Tisch und holt Bierbüchsen heraus.

ROLFI Bitteschön, das wären sie gewesen, meine Reisebierchen nach Athen. Hat aber nicht sein sollen, was, Greti?
FRAU GRETI Nein, hat nicht sein sollen. Hallohallo...
ROLFI Und wenn du mich loshaben willst, mußt dus nur sagen; Greti, so derb bin ich

nicht unterwegs, daß ich nachts nicht weiß wohin. Ich bin ja nicht einer von diesen Kerlen aus dem Park; Greti, die mit den Hunden, ich stehe jeden Morgen auf, auch wenn ich gar nicht aufstehen müßte, dann stehe ich trotzdem auf.

FRAU GRETI Hallo, sagt der nackte Gretifuß zum nackten Rolfifuß...

ROLFI Wenns auch nur dafür ist, daß ich mich wasche z.B. für ne Frau, weil man ja nie wissen kann.

FRAU GRETI Wollen wir ein Tänzchen wagen?

ROLFI Manchmal wasche ich mich nur für ne Frau, der ich vielleicht begegnen könnte, denke, wer weiß, vielleicht steht jetzt irgendwo ne Frau an ihrem Waschbecken, denkt, heute wasch ich mich nur für nen Mann, dem ich heute begegnen könnte.

FRAU GRETI Ich habe mich heute morgen auch gewaschen.

ROLFI Ich sag das, Greti, damit du nicht denkst, ich sei einer von den Kerlen aus dem Park, die mit den Hunden, denen es genügt, daß ihren Hunden das Fell in der Sonne glänzt, während ihnen die Haare am Kopf kleben wie hingekackt, so derb bin ich nicht unterwegs, ich hab ne Bankomatkarte.

FRAU GRETI Da, da kratzen, hallo...

ROLFI Ich möcht nur nicht zurück, wo ich herkomm, das habe ich dir ja erklärt, Greti, wegen dem Abschied, weil der so großartig war. Kein Mensch geht nach so einem Abschied wieder zurück, so einen Abschied kann man nicht enttäuschen, also ich nicht, ich bring das nicht übers Herz, das spuckt dich erstmal kirschkerngroß ins Abendlicht, dann steht man da in so einer roten Jacke, dachte noch, Rolfi, so wie du dastehst, das könnt der Umschlag sein für ein spannendes Buch. Ich, der Überschuß, Rolfi, 1000 und eine Fähigkeit, der braucht mal einen echten Partner, das Meer, verstehst du, das wär jetzt mal ne Aufgabe, laß mir lieber vom Meer den Arsch lecken, mein Gott, da gehst du nicht mehr zurück und sagst, tut mir leid, habe den Reisebus verpaßt. Stimmt ja auch nicht, hatte ja alles gebucht, Land in der Tasche, 17 Uhr 30 war abgemacht, daß der mich mitnimmt, und dann sind die absichtlich extra an mir vorbeigefahren, haben mir ja noch gewunken, diese Morschköpfe, sah aus wie die letzte Reise, Friedhofsausflug. Erst dachte ich noch, okay, Rolfi, reg dich nicht auf, das ist nicht die Reise, die du gebucht hast, die Knacker hier, die fahren zum Sterben nach Florenz. Ich hab nichts gegen alte Leute, Greti, auch nicht gegen Behinderte. Jedem soviel Spaß, wie er eben kann, aber das sah aus wien Mumientransport, die haben mir noch gewunken, diese Morschköpfe, weißt du, was ich denen heute nacht wünsche, Greti?

FRAU GRETI Kitzelkitzel...

ROLFI Daß es die aus der nächsten Serpentine haut. Das wünsch ich denen.

Frau Greti kichert.

ROLFI Ich hab ja diese böse Phantasie, weißt du, und manchmal denke ich meine Zukunft, diese Irrsinnsmasse Zukunft, dieses gigantische Massiv, das da noch vor mir liegt, hoffentlich geht das nicht mal nach hinten los und rollt mich völlig platt auf irgend so ne verkackte Parkbank, wo man sich dann die Bankomatkarte in den eignen Arsch schiebt und froh ist über seinen Hund, dem noch das Fell in der Sonne glänzt.

FRAU GRETI Jetzt Sie! Kitzelkitzel!

ROLFI Du hast doch ne Bankomatkarte, Greti, oder? Ich mein, du hast doch ne Bankomatkarte, zum Glück habe ich eine, auch wenns der Maschine mächtig stinkt, daß ich eine habe. Jedesmal wenn ich was ziehen will, läßt die sich extra Zeit, als könnte man für mich eben nur noch mühsam was zusammenkratzen. Dann kotzt die mir die vesifftesten Scheinchen in die Hand, die sie noch finden konnte, alles in Zwanzigmarkscheinen, als sei das immer noch die alte Ernte von der letzten

Kommunion, die Opaomatantenonkelgaben, die Pupertätsalmosen, die Schmiergelder über den Stimmbruch, das Lösegeld aus der Kindheit.

FRAU GRETI Ist auf den Scheinchen der Horst Tappert drauf?

ROLFI Du hast keine Bankomatkarte, Greti, stimmts?

FRAU GRETI Wo ist denn der bloß drauf?

ROLFI Du hast keine Bankomatkarte, sag, daß du keine hast!

FRAU GRETI Wo denn, wo ist denn der drauf!?!

ROLFI Den gibts nicht mal als Briefmarke.

FRAU GRETI Wollen wir ein Tänzchen wagen, wollen wir, wollen wir...

ROLFI Da hast du aber nochmal ziemlich Glück gehabt, Greti, daß du mich getroffen hast.

FRAU GRETI Ja.

ROLFI Wenn einer von den Kerlen aus dem Park hier ne Stunde mit dir rumsitzt in diesem Mief, als sei hier schon länger nicht mehr runtergespült worden, und der erfährt, daß du nicht mal ne Bankomatkarte hast, der hätt dir aber den Rollstuhl auseinander genommen, das sag ich dir, der hätte dir hier die Wohnung zusammengeschlagen.

Greti wirft die Bierdose vom Tisch.

FRAU GRETI Ich hab das Bierchen fallen lassen, ich hab das Bierchen fallen lassen!

ROLFI Paßt doch, paßt doch, als du an der Bushaltestelle angerollt kamst, ist mir sofort ein böser Witz zu dir eingefallen, wie sagt ein Kannibale zum Rollstuhlfahrer?

FRAU GRETI Nichtskönner!

ROLFI Essen auf Rädern. Bös, was?

FRAU GRETI Nichtskönner, Garnichtskönner, blöder Humpel, Pennerstummel, asozialer Schweißstampfer du...

ROLFI Jetzt reichts aber, Greti, ich laß mir von ner invaliden Omi hier nicht die Füße runtermachen.

Frau Greti weint.

ROLFI Ich mach die Lampe und zisch dann wieder... Oah, nein... das gibts ja nicht!

FRAU GRETI Was denn?

ROLFI Ich bin hier... voll in Scheiße...

FRAU GRETI *kichert* Gibts, doch doch, das gibts.

ROLFI Was ist denn das für ein Eßzimmer?

FRAU GRETI Wollen sie sich waschen, Rolfi?

ROLFI Allerdings.

FRAU GRETI Nur für mich.

Dunkel.

Szene 9

Gemeinschaftsraum. Herr Pott sagt seinen Brief für Meggie, immer wieder durchqueren King Kongs Töchter die Bühne, sie haben sich merkwürdig übertrieben zurecht gemacht, nicht umsonst hält Rolfi sie später für Brasilianerinnen.

HERR POTT Liebe Meggie Marilyn Marianne, ich kann nicht schlafen. Zu heiße Füße. Heiße Zappelfüße. Kaum liege ich, fängt es wieder an, dieses Geraschel unter der Bettdecke, fällt übereinander her wie eine wilde Paarungszeit.

Carla rennt auf die Bühne, schaut sich um, rennt wieder ab.

HERR POTT Diese heißen Zappelfüße, Fräulein Meggie, ich frage mich, was das ist, verbrennt so ein Weg? 79 abgelaufene Jahre? Ist so das Ende, so sorgfältig? Galoppieren, noch einmal im Lauffeuer durchs ganze Leben. Ich habe mehr als zwei Füße, wenn ich liege.

Berta rennt auf die Bühne, Carla hinterher.

BERTA Renn mir nicht ständig hinterher.
CARLA Wunderbar siehst du aus, richtig wild.

BERTA Bin auch zufrieden. Komm bloß nicht auf die Idee, mich zu küssen.
CARLA Ich küsse nur aus Notwehr.

Berta rennt ab, Carla bleibt.

HERR POTT Es kommt darauf an, immer kommt es darauf an, wann man über sich nachdenkt. Auf 79 kann ich mich nicht festlegen. Gleichaltrige gibt es nicht. Nein, niemand, keiner kann von mir verlangen, daß ich 79 bin. Zwischen mir und meinen Alter gibt es keine Entsprechung, wir sind nicht eins, ich und meine unsinnige Zahl, wir schämen uns füreinander, wir sind ein peinlicher Umstand. Das kann doch mal geschehen, daß man ein Alter hat, was nicht zutrifft. Ich müßte ja lachen. Ich müßte wahnsinnig über mich selbst lachen, wenn ich hier anfinge, einen Gleichaltrigen zu spielen, ich käme mir verlogen vor, ich könnte den 79jährigen nicht anders spielen, wie ich mit 40 einen 79jährigen gespielt hätte.

Meggie tritt auf.

MEGGIE Wo ist er?
CARLA Weg, verschwunden, einfach weg, ohne tschüss.
MEGGIE Wie?

HERR POTT Oh, wenn man nur noch einmal gegen einen Wind anlaufen könnte, Fräulein Meggie, laut und unnachgiebig, die Brust gegen einen Wind pressen...

Meggie ab.

HERR POTT ...sich Schritt für Schritt verschlimmern, bis man endlich bös genug wäre; sich selbst zu ertragen. Aber niemand, Fräulein Meggie, niemand kann von mir verlangen, daß ich 79 bin.

Herr Pott geht ab. Berta kommt auf die Bühne und setzt sich in verführerischer Pose, Carla versucht, Berta nachzumachen.

CARLA Er kommt, Berta, er kommt!
BERTA Wenn du nicht sofort...
CARLA Die Meggie hab ich abgehängt.

Rolfi tritt auf.

ROLFI Nicht stören lassen, ich wollte hier nur eben mal die Lampe reparieren.
CARLA Was?
ROLFI Die Lampe, da oben...
BERTA Um... um diese Zeit?
ROLFI Ich hab flexible Arbeitszeiten und das ist hier ja mehr oder weniger ein ziemlicher Saustall. Gerade bin ich da drüben in einen

Scheißhaufen getreten und das mitten in einem Eßzimmer. Ich meine, für meinen Tag ist das die passende Abrundung, keine Frage, meine Highlights sind heute eh schon alle den Bach runter. Also dann mach ich mich mal eben an den kleinen Schönheitsfehler da oben, dann wirds hier auch endlich hell und man sieht besser, wo man reintritt.

BERTA Nein!

CARLA Nein!

BERTA Lassen Sie, lassen Sie es ruhig so wie es ist, ich mag das...

ROLFI Was?

CARLA Wir mögen das, wir mögens schummrig.

BERTA Die Übergänge, verstehen Sie, sind auf einmal so viel leichter in diesem Licht...

CARLA Wir mögens eben schummrig.

BERTA Es ist ein Licht wie mit halbgeschlossnen Augen, wie wenn man...

CARLA Oft noch, oft sitzen wir abends schummrig in einer Ecke, fühlen uns erotisch und sentimental, verstehen sie?

BERTA Ich liebe das, dieses Licht in dem man kein Vertrauen mehr braucht um...

CARLA Wir lieben das, okay, schummrig und schwül, ist unser Lieblingsklima.

BERTA Ich heiße übrigens Maria.

ROLFI Ach ja?

CARLA Maria Nagelstudio, ein ziemlich ungewöhnlicher Name für eine ziemlich gewöhnliche Frau.

ROLFI Gigantisch, sind sie Brasilianerin?

BERTA Ja.

CARLA Ja, Wahnsinn dieses Licht macht aus uns allen hier Brasilianer, nicht wahr?

BERTA Könnte es nicht... ich meine, wäre das... träfe sich das nicht... könnte man nicht einfach alles so...

CARLA Ein Brasilianer, zwei Brasilianerinnen, ist doch perfekt oder?

ROLFI Oh Gott, oh Gott, oh Gott... sie meinen, ich könnte einfach... sie jetzt so...

BERTA Ja.

CARLA Ich heiße übrigens Antilop, geschrieben Antilope, aber gesprochen Antilop.

ROLFI Gigantisch, wollen sie mich wirklich völlig...

BERTA Oh ja.

CARLA Oh ja, Antilop.

ROLFI Also ich... wenn sie... wenn sie wirklich denken...

BERTA Lassen sie uns erst mal weg von diesem Safaripark hier.

ROLFI Ja.

CARLA Ja, aber die Lampe, was wird aus der Lampe hier, frage ich mich?

ROLFI Ich glaub, ich schaff das jetzt nicht mehr auf den Tisch hier, ich glaub, ich bin im Moment nicht mehr ganz schwindelfrei.

CARLA Aber ich bitte Sie, ich bitte Sie, hängen Sie doch nicht so an ihrem Leben!

BERTA Ich wüßte ein Sofa ganz in der Nähe, für zwei, die so völlig aus dem Gleichgewicht sind wie wir.

CARLA Drei, für drei Schwankende.

BERTA Du sagst ja selber, das nicht mal eine ganz drauf paßt, wie kommst du plötzlich auf drei?

Berta und Rolfi zusammen ab. Carla bleibt allein, ruft hinterher.

CARLA Steigerung, Berta, Steigerung... ich würde auch... ein Knie völlig egal... Berta... bitte mir reicht auch schon nur ein Fuß glaub mir... Berta!

Herr Pott tritt auf im Schlafanzug, barfuß, er übt wieder sein Gedicht.

HERR POTT Die Fünfuhrmorgenvögel:
und hüpfst du nachts
noch leichten Fußes über kalten Stein,
und hörst du schon die Welt von weitem lachen
und wirst du fast verrückt dabei
und weißt noch immer nicht,
rückst du jetzt ferner oder näher,
dann weißt du gleich,
gleich mußt mit ihnen du erwachen...

Fräulein Meggie Marianne Marilyn? Ach, Sie sind es, Fräulein Carla, sehr gut, dann kann ich hier gleich nochmal meine kleine Bitte vorbringen, bitte nehmen sie doch endlich diese gelben Vorhänge aus meinem Zimmer, dieses Gelb macht mich wahnsinnig, das drückt mir ständig die Klingel in der Blase, andauernd der Pipigedanke, das ist...

CARLA Sie, Sie nehmen sich mal sofort das Gebiß aus der Fresse, um die Zeit noch lachen, in ihrem Alter, los raus!

HERR POTT Was?

CARLA Raus die Zähnchen, die Legosteinchen, her damit!

HERR POTT Keiner, niemand kann von mir verlangen, daß ich 79 bin!

Carla greift Herrn Pott ins Gesicht, bis er sein Gebiß in ihre Hand fallen läßt.

CARLA Na, da haben wir ja schon den halben Clark Gable, was Herr Pott. Manchmal hat sich einer so fest ins Leben vernagt, daß, wenn man es ihm herausreißen will, die Zähne mitgehen. Aber hier Herr Pott, hier stirbt niemand mit hohlem Maul, das verspreche ich ihnen, zum Sterben sitzt ihnen wieder das Lachen im Gesicht. Sie, mein Clark Gable auf der Badematte.

Carla ab, Herr Pott bleibt gedemütigt zurück und pinkelt auf den Boden.

Dunkel.

Szene 10

Herr Pott. Wenn er Meggie kommen hört, versteckt er sich.

HERR POTT Ich wllt si ncht erschrcken. Dü fönf uhrmörgnvigl...
MEGGIE Und?
HERR POTT Und hpf ich lchtn fusss übr kltn stein ndhör die Wlt vn wtn lchn und wrd ich fst vrückt dbei...
MEGGIE Armer Mond, Pott, hängen jede Nacht rum, ausgestoßen, müssen trotzdem alles sehen, können nicht wegschauen, quälen sich dabei, ich hab nichts gegen den Mond, Pott, manchmal grüße ich hinauf, na Junge, dein Hautausschlag ist wieder mal schlimmer geworden, gute Nacht.

Meggie will gehen. Herr Pott hält sie zurück.

MEGGIE Okay, okay, ich hab nicht so viel Zeit, bringen wirs hinter uns, Monika, Steffie oder Ulla?

HERR POTT Ist Monika die, die im Gfngnis arbeitet?

MEGGIE Genau die.

HERR POTT Liebr Ulla.

MEGGIE Also meine beste Freundin Ulla hatte mal ein seltsames Erlebnis.

HERR POTT Sxuell

MEGGIE Das Wort reicht nicht mal aus für ein Erlebnis. Okay, Ulla war also nachts mal in einer dieser überfüllten Kneipen, da ist ihr einer aufgefallen. Blitzschnellertyp mit irrsinnslangen Beinen, ein Fahrradkurier mit fein und schön geschnittenem Gesichtchen. Sie kommen also ins Gespräch und irgendwann ins Knutschen.

HERR POTT Tststs.

MEGGIE So daß die Ulla denkt, dem seine Zunge reißt sich gleich bei ihm noch los und zieht dann für immer bei ihr ein.

HERR POTT Olalala.

MEGGIE Und als sie so völlig ineinandergeknutscht da sitzen, daß sie schon nicht mehr wissen, was zu wem gehört, und der Ulla bereits das T-Shirt über ihre Schulter fällt.

HERR POTT Hihihi.

MEGGIE Weils auch so heiß ist in dieser überfüllten Kneipe, merkt sie aufeinmal, daß er noch immer eine Wollmütze auf dem Kopf trägt. Und da sie inzwischen beide schon wie die Wölfe miteinander sind, schnappt sie mit ihren Zähnen nach der Mütze und reißt sie ihm vom Kopf.

HERR POTT Hoahoah.

MEGGIE Da hat der unter seiner Mütze noch ne Mütze auf, und Ulla lacht und ruft, noch ne Mütze noch ne Mütze und will gerade wieder schnappen, da packt er sie mit einer Hand am Hals, wie es die Ulla nicht gerade gern hat. Laß das, sagt er, laß meinen Kopf in Ruh, das ist ein Berufsgeheimnis.

HERR POTT Was?

MEGGIE Naja, dacht sich die Ulla, vielleicht hat er sich den Kopf erkältet vom schnellen Fahrradfahren, und nimmt ihn trotzdem mit nachhause.

HERR POTT Gt so gt so.

Schrei von Berta.

MEGGIE Es wurde dann ne ziemlich komplizierte Nacht mit diesen langen Fahrradkurierbeinen, eines hätte der Ulla ausgereicht in ihrem Bett.

HERR POTT Oh.

MEGGIE Morgens als sie dann erwacht, sieht sie als erstes um ihr Bett herum paar Mützen liegen und der, der trägt nur noch so n leichtes Ding, n Kopftuch und da merkt sie aufeinmal, was der für nen wahnsinnskleinen Kopf hat.

HERR POTT Oahh.

MEGGIE Das kam ihr vor wie so ein kleines Kernchen, das Kernchen von nem Kopf. Sicher, dachte sie, wird der einer von den schnellsten sein, jawohl der schnellste, der allerschnellste Pfeil aus der Fahrradkuriergarde.

HERR POTT Oah, schrcklich schrckliche Geschte.

Rolfi kommt.

ROLFI Auch ne schöne Variante, nicht stören lassen, bloß nicht stören lassen, das ist auch ne schöne Variante für son komisches Eßzimmer hier, sowas gibt es gar nicht, da wird auf den Boden geschissen und auf dem Tisch gefickt, alles menschlich, irrsinnsmenschlich, das einzige was ich hier nie möchte ist essen.

HERR POTT Wo kmmt dr her?

Rolfi sieht die Pisslache am Boden.

ROLFI Du hast wohl den Bus verpaßt, was? Den Bus nach Florenz, den Anschluß an dein Alter.

HERR POTT Ich wein hr wo und wie ich lustg bin. *Geht ab.*

ROLFI Wenn es Rassenunterschiede gibt, das sage ich Ihnen, dann sind die aber zwischen alt und jung.

MEGGIE Oder zwischen einem Betrunkenen und einer Nüchternen.

ROLFI Wollen Sie... ich meine... träfe sich das nicht...könnte man nicht einfach alles so?

MEGGIE Was?

ROLFI Ich hätt jetzt noch ein letztes Reisebierchen, wollen Sie mit mir mein letztes Reisebierchen nach Athen trinken?

MEGGIE Nachdem Sie sich schon über die Alpen gesoffen haben.

ROLFI Das letzte Reisebierchen nach Athen und dann weht uns beiden hier die griechische Fahne aus dem Mund.

MEGGIE Ihnen wehen bereits mehrere Fahnen aus dem Mund, das ist ein wahres Gipfeltreffen.

ROLFI Gigantisch, ich sage immer so gerne gigantisch, das steht meinen Lippen, wenn ich gigantisch sage.

MEGGIE Meinen Lippen steht es, wenn ich Spezialistin sage.

ROLFI Oh ja, oh oh oh ja, sagen sie es noch einmal.

MEGGIE Spezialistin.

ROLFI Gigantisch, man möchte sich von ihrem Mund sofort operieren lassen. Ihren Lippen würde ich mich ohne Narkose überlassen.

MEGGIE Wie steht es mit ficken?

ROLFI Vielleicht äh... erst, erst noch das Bierchen und dann...

MEGGIE Die wenigsten können ficken sagen, mit nichts ist man schneller entstellt, als wenn man ficken nicht sagen kann, das Wort ist gnadenlos, schafft nicht jeder, diese Gradwanderung auf dem Tabu, das ist ein Zahnstellungsproblem.

ROLFI Oh, Sie sollten Zahnärztin werden, von ihnen würde ich mir jeden Zahn ziehen lassen, der irgendwie dem Ficken im Weg steht.

MEGGIE Ja, Zahnärztin, Opernsängerin, Stewardess in jedem Fall eine Spezialistin, Stewardess für die letzte Reise, sowas schwebt mir vor.

ROLFI Gigantisch, Stewardess für die letzte Reise, gigantisch, ich hab mich zwar noch nicht mal für eine Schürze entschieden, das ist nicht leicht, sich für eine Schürze zu entscheiden, wenn man so ein ganzer Berufszweig ist wie ich, mit einer Schürze deckt man das nie ab, aber ich wäre wahnsinnig gerne ihr Spezialgebiet, das wäre gigantisch, ich wäre ein gigantisches Spezialgebiet.

MEGGIE Schnaufen sie mir doch nicht so ins Gesicht, sie Gigant, ich krieg ja kaum noch Luft.

ROLFI Das sagen sie, das sagen sie einem, bei dem grad alle Wiesen brennen...

Das Licht geht langsam aus.

Dunkel.

Szene 11

Rolfi allein, macht sich daran, die Lampe zu reparieren.

ROLFI Kann das, kann das weiter? Hey hey, jetzt taumel mal nicht völlig ab, du geile Spanierin Rolfi, na Lämpchen, du möchtest wohl auch noch drankommen was? Soll ich dich auch noch anzünden heute nacht, soll ich dir auch ins Gewinde greifen, das möcht ich sehen, oh das möcht ich sehen, die Schürze, die das abdeckt, die möchte ich sehen, gigantisch, gigantisches Spezialgebiet Rolfi, nein, nein, nein, ich krieg hier gleich den großen Heuler, ich der große Wasserlasser, ich laß mir nur vom Meer den Arsch lecken... vor nichts möchte Rolfi lieber in die Knie gehen, als vor dem weißen Bart der Brandung, maßlos überschätzt für immer...

Man hört im Hintergrund leise das Lied von Herrn Nübel.

HERR NÜBEL Wollt ihr mal meine Instrumente hören, als erstes meine Flöte...

Er macht das Licht an, es gibt einen Knall, Rolfi sinkt vom Tisch.

HERR NÜBEL Entschuldigung, Entschuldigung, ich wars Herr Nübel, großes N und kleines übel, tut mir leid, schon wieder eine Nebenwirkung, aber keine Angst, ich geb nicht auf... hat jemand vielleicht meine Schlüssel gesehen?

Man hört ihn singend abgehen.

HERR NÜBEL Dideldü dideldü macht die Flöte dideldü dideldü... schrimschramschrumschrimschramschrum macht die Geige, bobabu bobabu macht die Posaune...

Die Szene bleibt einen Moment so stehen, toter Rolfi, einzelnes, sehr scharfes Vogelgezwitscher setzt ein, das Licht geht langsam aus.

Dunkel.

Szene 12

Tischgesellschaft, nächster Morgen. Gemeinschaftsraum. Auf dem Boden liegt der tote Rolfi, Frau Albert sitzt in Frau Tormanns Rollstuhl und hört sich die Winniecassette an. Nach und nach treten die anderen Bewohner auf.

WINNIECASSETTE Wenn einer eine Reise tut, wenn einer eine Reise tut... mein liebes Muttchen, heute an deinem 80. hab ich mir auch eine kleine Feierstunde gegönnt und nehm mir Zeit hier kurz am Meer noch einen Fisch zu essen, bevor mein Flugzeug dann gleich weiter geht. Direkt am Strand auf einem Holzstuhl sitze ich, in einem netten Fischlokal und esse eine kleine Meerjungfrau, so heißt der Fischgeselle hier auf meinem Teller, mit allem drum und dran, mit Mund, Aug und Zahn, dem ich nun gleich mit meinem Messer an die Nieren will, soweit er welche hat. *Man hört ihn lachen.* Und plötzlich denke ich, wie bin ich frei, und was ist Freiheit anderes, Muttchen, als ein Minutenwunschkonzert für Zwischendurch. Hätt ich verschiedne Leben, Muttchen, eins wäre sicher auch für dich dabei. Ein wenig, weißt du, zucken mir die Schulterflügel, wenn ich an morgen denk, noch weiß ich nicht genau, aus was die Sicherheit besteht. Das ist jetzt die, ich weiß nicht wievielte Reise, bei der ich mein Abteilungsleiterchen vertreten muß. Jetzt wo ich das sage, Muttchen, wehts mir gerade die Krawatte ganz unbändig über die eigne Schulter, will die sich losreißen? Oder bettelt die schon hinter meinem Rücken, daß jemand hier die Führung übernimmt? Das solln nicht deine Sorgen sein, du tritt nur weiter fest auf einen Boden auf und marschiere so auf 120 zu.

Frau Greti schaltet Frau Albert das Gerät ab.

HERR NÜBEL Guten Morgen, da sitzt ja schon der erste Geburtstagskäfer. Wenn sie wollen, Frau Tormann, laß ich zur Feier des Tages meine Instrumente hören... ach das ist gar nicht... Herr Albert, ihre Frau sitzt hier am Tisch, als hätte sie Geburtstag.

HERR ALBERT Ja, die Hilde.

HERR NÜBEL Und die ist schon wieder, ich meine, alles ahoi da oben.

HERR ALBERT Hildes Glück hat Hildes Kopf nicht ausgehalten.

FRAU ALBERT Hildes von hier nach dort, alles Hildes.

FRAU GRETI Ist doch toll, daß die ein Messer haben darf.

HERR NÜBEL Haben sie vielleicht meine Schlüssel gesehen?

HERR ALBERT Ist denn der Kakao schon unterwegs?

Herr Nübel entdeckt den toten Rolfi.

HERR NÜBEL Hallo, hallo, das ist aber gefährlich.

HERR ALBERT Der steht schon den ganzen Morgen nicht auf.

HERR NÜBEL Da könnte einer böse drüberfallen.

FRAU GRETI Wieder einer an den ich mich nicht gerne erinnere.

HERR POTT Die Fünfuhrmorgenvögel rächen sich, was Hänschen vergißt, das lernt Hans nicht mehr.

FRAU GRETI Jetzt kann ich wieder von vorne anfangen.

HERR POTT Den hat es hier an Land gespült.

FRAU GRETI Noch keiner, keiner hat die Greti ganz entdeckt.

HERR ALBERT Hab ich hier gerade das Wort Likörchen gehört?

HERR NÜBEL Den hat wohl das Leben unter den Teppich gekehrt.

HERR POTT Nur gut, daß man ab und zu mal einen Toten sieht.

HERR ALBERT Jetzt wo gleich der Kuchen kommt...

HERR NÜBEL Wir rollen ihn mal besser unter den Tisch, vielleicht wird ja noch was aus ihm.

HERR POTT Ich könnte nicht einmal einen Toten spielen, ich glaube, ich müßte wahnsinnig lachen, wenn ich einen Toten spielen müßte.

HERR ALBERT Jetzt, wo gleich der Kuchen kommt...

Herr Pott und Herr Nübel rollen Rolfi beiseite, Herr Nübel hört plötzlich was klimpern.

HERR NÜBEL Moment, Momentchen, da klingt mir was ganz vertraut.

Er nimmt sich Rolfis Werkzeugschlüsselbund.

HERR NÜBEL Aha, ja, was haben wir denn da, aha, jetzt sehen sie mal bitte alle her, wenn das nicht meine Schlüssel sind.

FRAU GRETI So viele Schlüssel.

HERR NÜBEL Das ist ein Moment des Lachens und des Weinens, das sage ich ihnen.

HERR POTT Immer wenn ich einem Toten ins Gesicht schaue, fühle ich mich wie ein Kind, das den Ergriffenen spielen muß.

HERR NÜBEL Ja, das ist aber auch wieder das Schöne daran, nicht wahr?

Sie zwicken einander gegenseitig in die Backen, das Ritual aus der ersten Tischgesellschaftszene. Bei Frau Albert bricht die Kette ab. Langsam wird die Szene dunkel. Man sieht den Balkon vom Anfang, Carla, Meggie und Berta.

Schlußszene 13

BERTA Daß aber auch alles –
CARLA Alles, was wir in die Hände kriegen –
MEGGIE Immer gleich so groß werden muß.
BERTA Weiter drängeln die Götter.
CARLA Können gar nicht genug kriegen –
MEGGIE Vom eigenen Untergang.
BERTA Heute morgen komme ich hier her –
CARLA Wie jeden Morgen –
MEGGIE Und da hat es doch über Nacht auf einmal überraschend –
BERTA In allen Zimmer geschneit!
CARLA 20 Zentimeter Neuschnee!
MEGGIE Stell dir vor!
BERTA Ganz still ist es und spiegelglatt.
CARLA Und ich, ich schlittere so von einem Bett zum anderen.
MEGGIE Und sammle all die Erfrorenen ein.
BERTA Ich, die einzige -
CARLA Die einzige Zeugin -
MEGGIE Eines friedlichen Stalingrads.
BERTA Da dachte ich -
CARLA Es sollen doch alle die Welt retten.
MEGGIE Aber das, was übrig bleibt -
CARLA Was übrig bleibt -
BERTA Das überlaßt mir.

Dunkel.

Theresia Walser
geboren 1967 in Friedrichshafen. Schauspielerin und Autorin. Lebt in Berlin. Fördergabe des Schiller-Gedächtnis-Preises 1998 des Landes Baden-Württemberg.

Theaterstücke: *Kleine Zweifel.* Uraufführung Münchner Kammerspiele 1997. *Das Restpaar.* U Theater Die Rampe, Stuttgart 1997. *Brim* U Berner Ensemble 1997. *King Kongs Töchter.* U Theater am Neumarkt, Zürich 1998. *Alles schöne Dinge* U Schauspiel Bonn 1999. *So wild ist es in unseren Wäldern schon lange nicht mehr* U Münchner Kammerspiele 2000. *Die Heldin von Potsdam* U Maxim Gorki Theater 2001.

THEATERBIBLIOTHEK
im Verlag der Autoren

BAYER Konrad, *Theatertexte*
BOAL Augusto, *Mit der Faust ins offene Messer*
BOEHLICH Walter, *1848*
BRAUN Karlheinz (Hrsg.), *MiniDramen*
CAMPBELL Ken, *Mr. Pilks Irrenhaus*
CHARMS Daniil, *Theater!*
CLAUS Hugo, *Freitag / Visite / Winterabend*
CORNEILLE Pierre, *Der Cid / Spiel der Illusionen*
DEICHSEL Wolfgang, *Werke*
– *Band 1: Etzel*
– *Band 2: Der hessische Molière*
– *Band 3: Frankenstein I. Aus dem Leben der Angestellten*
– *Band 4: Frankenstein II. Die Zelle des Schreckens*
– *Band 5: Loch im Kopf*
– *Band 6: Komiker*
DORN Thea, *Marleni*
ENZENSBERGER Hans Magnus, *Nieder mit Goethe!/ Requiem für eine romantische Frau*
EÖRSI István, *Hiob proben und andere Stücke*
FASSBINDER Rainer Werner, *Antiteater*
– *Anarchie in Bayern und andere Stücke*
– *Der Müll, die Stadt und der Tod /Nur eine Scheibe Brot*
– *Die bitteren Tränen der Petra von Kant*
– *Bremer Freiheit / Blut am Hals der Katze*
– *Katzelmacher / Preparadise sorry now*
FELS Ludwig, *Der Affenmörder*
– *Soliman / Lieblieb*
FO Dario, *Comica Finale*
– *Diebe, Damen, Marionetten*
– *Hilfe, das Volk kommt!*

– *Johan vom Po entdeckt Amerika*
– *Der Papst und die Hexe*
– *Wer einen Fuß stiehlt, hat Glück in der Liebe*
GENET Jean, *Splendid's / Sie*
HAPPEL Wilfried, *Das Schamhaar / Mordslust*
HUB Ulrich, *Die Beleidigten / Blaupause*
JONKE Gert, *Opus 111. Ein Klavierstück*
KOLTÈS Bernard-Marie, *Roberto Zucco / Tabataba*
– *Bitternisse / Dumpfe Stimmen / Das Erbe*
– *Kampf des Negers und der Hunde / Die Nacht kurz vor den Wäldern*
– *Prolog und andere Texte*
– *Rückkehr in die Wüste*
– *Sallinger*
KUSZ Fitzgerald, *Let it be. Drei Stücke von der Liebe*
– *Schweig Bub! / Letzter Wille*
– *Stücke aus dem halben Leben*
LABICHE Eugène/STRAUSS Botho, *Das Sparschwein*
LANOYE Tom & PERCEVAL Luk, *Schlachten!*
LOHER Dea, *Adam Geist*
– *Fremdes Haus*
– *Olgas Raum / Tätowierung / Leviathan*
– *Manhattan Medea / Blaubart – Hoffnung der Frauen*
– *Klaras Verhältnisse*
– *Magazin des Glücks*
von MAYENBURG Marius, *Feuergesicht / Parasiten*
– *Das kalte Kind / Haarmann*
MOLIÈRE, *Der Menschenfeind / Der Tartuffe*
MÜLLER Elfriede, *Die Bergarbeiterinnen / Goldener Oktober*
PEREC Georges, *Die Gehaltserhöhung/Die Kartoffelkammer*
POHL Klaus, *Das Alte Land*
– *Karate-Billi kehrt zurück / Die schöne Fremde*
– *La Balkona Bar / Hunsrück*

RACINE Jean, *Phädra / Andromache*
– *Berenike / Britannicus*
REINSHAGEN Gerlind, *Himmel und Erde*
ROTH Friederike, *Ritt auf die Wartburg / Klavierspiele*
RÜHM Gerhard, *Theatertexte*
SCHNEIDER Hansjörg, *Der Irrläufer*
SEIDEL Georg, *Carmen Kittel / Königskinder*
SÖDERBERG Hjalmar, *Gertrud / Abendstern*
SONTAG Susan, *Alice im Bett*
SOROKIN Vladimir, *Dysmorphomanie / Das Jubiläum*
– *Pelmeni / Hochzeitsreise*
– *Dostojevskij-Trip / Krautsuppe, tiefgefroren*
SPECHT Kerstin, *Lila /Das glühend Männla / Amiwiesen*
– *Carceri / Mond auf dem Rücken / Der Flieger*
– *Königinnendramen: Die Froschkönigin / Schneeköniginnen / Die Herzkönigin*
– *Marieluise / Das goldene Kind / Solitude*
SRBLJANOVIC Biljana, *Familiengeschichten. Belgrad*
WAECHTER Friedrich Karl, *F.K. Waechters Erzähltheater*
– *F. K. Waechter in 7 Stücken*
WALSER Theresia, *Kleine Zweifel / Das Restpaar*
– *King Kongs Töchter*
– *So wild ist es in unseren Wäldern schon lange nicht mehr*
– *Die Heldin von Potsdam*
WIDMER Urs, *Jeanmaire. Ein Stück Schweiz*
– *Die lange Nacht der Detektive*
– *Nepal / Der neue Noah*
– *Der Sprung in der Schüssel / Frölicher – ein Fest*
– *Stan und Ollie in Deutschland / Alles klar*
– *Top Dogs*
– *Die schwarze Spinne /Sommernachtswut*
– *Züst oder Die Aufschneider*
WOUDSTRA Karst, *Das stille Grauen eines Wintertages in Ostende / Strand*